DIMENSION 3

DIE DRITTE ERDE

RYAN ROCKWELL

RYAN ROCKWELL
"INTO THE UNKNOWN"

1

DER INNERE MOND

Der Neujahrstag des Jahres 2084 war alles andere als feierlich. Mein Head-Up-Display meldete einen leichten Anstieg meines Pulses bei normaler Atmung, während meine dicken weißen Handschuhe behutsam über das raue Mondgestein strichen, das im Licht meiner Helmlampen grünlich schimmerte.

Normalerweise hatte jeder Jahresbeginn für mich etwas Verheißungsvolles. Etwas, das einem morgendlichen Spaziergang über eine mit Reif bedeckte Wiesenlandschaft glich. Wie ein neuer Tag lag ein ganzes Jahr vor mir und bot mir die Chance, das Beste daraus zu machen. Doch an diesem ersten Januar lag ich nicht mit einem Kater in meiner Wohnung in Frankfurt, sondern schwebte bei minimaler Gravitation in einer stockfinsteren Höhle.

»Hey, Viktor!«, erklang es aus dem Lautsprecher meines Helms. »Schläfst du?«

Ich drehte mich um und sah, wie Mira mir etwa zehn Meter entfernt über den unebenen Boden der ausgedehnten

Mondkaverne entgegen hüpfte. Ihr Gesicht wirkte im kühlen Licht ihres Helms unnatürlich weiß. Hinter ihr erblickte ich die vorüberziehenden Lichtkegel der anderen Teammitglieder und den Cargo-Lifter.

»Nein, Mira«, erwiderte ich. »Ich habe nur darüber nachgedacht, wie ich den letzten Jahreswechsel verbracht habe.«

Ein Lächeln umspielte ihre roten Lippen. »Ich habe da schon eine Vermutung.«

»Hey!«, empörte ich mich. »Wieso glaubst du, dass ich jeden Tag irgendwelche Mädchen abschleppe? Vor einem Jahr war ich bei einer Freundin in London.«

»Eine Freundin ...«, wiederholte Mira amüsiert.

»Rein platonisch, ja. Wir haben am Big Ben gefeiert, nichts Besonderes. Danach sind wir noch etwas trinken gegangen und ...«

»Leute!«, drängte sich eine kräftige Stimme in unser Gespräch.

Hinter Mira näherte sich ein Mann von stämmiger Statur, und sein Gesichtsausdruck sah aus, als würde er gerade einige Gewichte heben.

»Hey, Piero«, sagte ich. »Sag bloß, ihr habt schon Hinweise auf Rohstoffvorkommen.«

»Ihr seid im gesamten Cluster zu hören«, sagte Piero grimmig. »Wenn ihr euch schon privat austauschen müsst, dann benutzt bitte einen separaten Funkkanal. Nicht jeder will deine Frauengeschichten mitbekommen, Ford.«

»Reg dich ab, Piero«, entgegnete ich. »Wenn TerraFracto uns hier auf diesem Mond nach Eisen und Chromit suchen lässt anstatt auf Auriga, möchte ich mich wenigstens unterhalten können.«

»Das darfst du auch, Ford. Aber als leitende Sicherheitskraft empfehle ich dir, nicht alle anderen daran teilhaben zu lassen.«

Ich nickte, obwohl ich nicht verstand, warum es für Piero ein derart großes Problem war. Wollte er verhindern, dass die anderen mich lynchten? Plötzlich wurde mir bewusst, wie gut es war, dass der Wachmann uns unterbrochen hatte. Mir fiel ein, dass die Silvesternacht mit Victoria in London keineswegs so platonisch gewesen war, wie ich behauptet hatte. Aber immerhin war sie es *bis* zur Silvesternacht gewesen.

Piero starrte mich noch eine Weile an, als würde er auf eine Reaktion warten, doch dann verdrehte er nur die Augen und schwebte zurück zum Cargo-Lifter.

Das 20 Meter lange Transportraumschiff hatte seine stämmigen Landefüße tief in den von tiefer Dunkelheit umhüllten Höhlenboden gegraben. Nur die großzügige Ladefläche und die kleine Pilotenkabine an Steuerbord wurden von den bordeigenen Strahlern erhellt, und hin und wieder konnte ich Personen mit kleinen Lampen, Bohrern, Messgeräten oder großen Werkzeugkoffern im Gegenlicht vorübergleiten sehen.

Mit einer Handbewegung gab ich Mira ein Zeichen, während wir entlang der Höhlenwand glitten. Wir hatten schließlich unseren Auftrag.

»Computer, schalte auf Kanal vier um«, befahl ich.

»Kanal vier aktiv«, antwortete die künstliche Frauenstimme.

Mira und ich näherten uns einem düsteren Spalt, dessen abgrundtiefer Schatten die Albträume der Menschheit zu enthalten schien. Obwohl ich wusste, dass wir auf dem inneren Mond Aurigas keine Anzeichen von Leben erwarten konnten, spürte ich, wie mein Puls anstieg, als ich mich dem Schatten näherte. Entschlossen drehte ich meinen Kopf und leuchtete mit den am Helm verbauten Lampen direkt hinein, als ein sanfter Glockenton erklang.

»Alles klar, ich bin drin Viktor«, meldete Mira aufgeregt. »Piero hat recht. Nicht jeder muss deine Geschichten hören, auch wenn du stolz darauf bist. Und nicht jeder hat gute Erinnerungen an die Vergangenheit.«

Ich schwieg und betrachtete den Spalt, der überraschenderweise nur zwei Meter tief in die Wand führte und mir nur grünliches, poröses Mondgestein offenbarte. Scham erfüllte mich, denn es war noch gar nicht so lange her, dass Pieros Freund Haoyu ums Leben gekommen war. Obwohl mittlerweile vier Wochen vergangen waren, seit die Borsok die Sirio überfallen und vorübergehend unter ihre Kontrolle gebracht hatten, waren die vielen Toten und Verletzten immer noch das beherrschende Thema der meisten Gespräche und die Schäden im Schiff immer noch sichtbar.

»Ich habe Angst, Viktor«, gestand Mira auf einmal.

Sie schwebte neben mir. Miras graue Augen spiegelten das Grauen wider, das sie seit unserer Ankunft im Auriga-System gesehen hatte. Ich schluckte, denn auch ich hatte es gesehen. Plötzlich spürte ich, wie die Kälte in meinem Anzug zunahm. Unwillkürlich blickte ich auf das holografische Display an der linken Seite meines Visiers, um sicherzugehen, dass die Heizung noch einwandfrei funktionierte.

»Wovor hast du Angst?«, fragte ich vorsichtig.

»Vor der Zukunft. Normalerweise bin ich eine realistische Optimistin, aber im Moment sehe ich keine gute Perspektive für uns alle. Ja, die Aika haben uns geholfen, den feindlichen Borsok-Kreuzer abzuwehren. Aber wer sagt uns, dass sie uns wohlgesonnen sind und uns weiterhin unterstützen wollen?«

Ich versuchte, Mira zu beruhigen: »Captain Conteh hat

gesagt, dass er die Strahlungsdaten vom Dimensionsportal als gutes Zeichen interpretiert. Die Aika könnten tatsächlich daran arbeiten, das Portal wieder in Betrieb zu nehmen. Dann hätten wir eine realistische Chance, zur Erde zurückzukehren.«

Mira sah mich an, während hinter ihr Lichtkegel durch die Finsternis huschten.

»Übrigens«, unterbrach mich Mira und lächelte, vermutlich um sich selbst abzulenken. »Ich bin insgeheim froh, dass wir die Idee aufgegeben haben, eine Mondbasis zu errichten.«

»Wegen der Beschaffenheit der Oberfläche?«, fragte ich.

»Genau«, antwortete Mira. »Der gesamte Mond ist so poros wie ein Schwamm. Professor Jergovic und seine Astrophysiker hatten schon lange vermutet, dass die Masse des Mondes eine extrem niedrige Dichte aufweist, ähnlich dem Saturnmond Hyperion. Sonst wäre der Mond wohl schon längst mit Auriga kollidiert.«

»Bei zweieinhalbfacher Erdmondgröße sind 320.000 Kilometer Abstand einfach eine andere Hausnummer«, bemerkte ich.

Auf dem Kontrollpanel an meinem linken Handgelenk betätigte ich eine Taste, woraufhin ein grellblauer Laserstrahl von der Spitze meines Helms ausstrahlte. In diesem Moment analysierte der Suchstrahl die Beschaffenheit des Gesteins, um herauszufinden, ob die grüne Färbung, die auch das Regolith an der Oberfläche durchzog, von Chromchalcedon stammte oder, wie Amon Balcom vom Astro-Minen-Konzern TerraFracto befürchtete, von Nickel.

»Du sagst es«, antwortete Mira nach einigen Augenblicken. »Und es ist beruhigend, dass weder Captain Conteh noch Major Harris eine Siedlung auf diesem schwammigen

Mond errichten wollen. Hast du gehört, was Ivanov über die Höhlendecke gesagt hat? Er meinte, sie sei so dünn, dass er selbst bei der geringen Anziehungskraft keinen Fuß darauf setzen würde.« »Dann sollte der Kerl einfach mal abspecken!«, sagte ich zynisch.

»Pass auf, sonst hört er dich noch«, warnte Mira. »Er ist gerade beim Lifter.«

Das grelle Blau des Lasers erlosch, und ein dreifaches Piepen signalisierte das Ende der Gesteinsanalyse.

»Wie erwartet«, sagte ich. »Mister Balcom kann den Champagner öffnen. Der Fels an dieser Stelle besteht hauptsächlich aus Wassereis und silikatischem Gestein und ist – Überraschung, Überraschung – mit Chrom durchzogen. Mann, ich würde zu gerne wissen, wie der Mond entstanden ist.«

Mira lachte amüsiert. »Du klingst wie ein aufgeregter Teenager, der mit seinem Teleskop gerade ein transneptunisches Objekt entdeckt hat.«

»Die Astrophysiker vermuten, dass Auriga in seiner Frühzeit komplett von einer hunderte Kilometer dicken Eisschicht bedeckt war und der Mond durch ein gewaltiges Impaktereignis entstanden ist«, erklärte ich.

»So, wie du klingst, glaubst du das aber nicht«, stellte Mira fest.

»Was weiß ich schon von Astronomie?«, gab ich zu.

Plötzlich drang eine vertraute Stimme unerwartet in unseren privaten Funk: »Cartier an Außenteam. Piero, Ivanov, Ford und Langley. Ich eröffne für euch einen separaten Kanal.«

Hastig sah ich zum Cargo-Lifter, dann fiel mir ein, dass die Stimme aus dem Kontrollraum der Sirio kam. Sie gehörte einer hinreißenden Frau, die sich von nichts anderem zu ernähren schien als Cola, und das ausschließlich durch einen Strohhalm.

»Was ist los bei euch da oben, Sally?«, fragte Piero.

Ich entdeckte den Wachmann auf der Ladefläche des Transportshuttles, umgeben von einigen bleichen Lichtkegeln. Mira und ich hüpften in großen Schritten auf ihn zu. Piero hielt sich mit einer Hand am Geländer fest und starrte konzentriert in die Dunkelheit. Mit den Bremsdüsen meines MMUs verlangsamte ich meine Bewegung, bis ich meine Stiefel im schroffen Gestein verkeilen konnte und kurz vor dem Lifter zum Stehen kam. Mira schwebte neben mir, während Sally erklärte: »Wir empfangen ein Signal, das wir nicht richtig deuten können.«

»Und warum fragt ihr ausgerechnet uns?«, wollte ich wissen.

»Eigentlich frage ich Dr. Ivanov. Euch andere habe ich anstandshalber mit in den Cluster genommen.«

»Wie großzügig von dir, Sally«, sagte ich.

»Leck mich, Ford«, zischte die Frau auf der Brücke.

»Ich höre Sie, Miss Cartier«, meldete sich Ivanovs dünne Stimme.

Ich blickte zu Piero hoch, neben dem eine kleine, stämmige Gestalt auftauchte. Selbst von meinem niedrigen Standpunkt aus konnte ich Ivanovs dünnes Haar und sein unförmiges Doppelkinn erkennen. Der arme Kerl tat mir wirklich leid.

»Dr. Ivanov, wir detektieren eine Anomalie, die sich als Störung unserer Funk- und Scannerdaten äußert«, erklärte Sally.

»Ist die Störung global oder tritt sie nur bei bestimmter Instrumentenausrichtung auf?«, fragte der Astrophysiker.

»Sie kommt aus Richtung Auriga«, antwortete Sally.

»Wir haben bereits versucht, den Ursprung des Signals weiter einzugrenzen, aber die Interferenz macht es unmöglich.«

Ivanov blickte von der Ladefläche zu uns herab. »Inwiefern?«

»Sie wird stärker«, sagte Sally. »Wir haben bereits überprüft, ob sie von einer möglichen Sonneneruption stammt, aber das System hat keine brauchbaren Ergebnisse geliefert.«

»Gut, Miss Cartier. Wenn diese Störung nicht durch eine Sonneneruption verursacht wird, muss es etwas anderes sein. Möglicherweise etwas Physisches.«

Als Ivanov das sagte, kam mir plötzlich eine Idee.

»Sally, kannst du die elektromagnetische Strahlung in diesem Bereich prüfen? Eine einfache Ausrichtung auf die Ursprungsquelle des Signals sollte genügen.«

»Warum zur Hölle soll ich Elektrosmog messen?«, wunderte sich Sally.

Ich spürte den finsteren Blick von Ivanov auf mir. Ahnte er, was ich von Sally verlangte?

»Mach es einfach!«, forderte ich.

»Wie Ihr wünscht, my Lord«, säuselte Sally.

Ihren humorvollen Ton konnte ich gerade nicht erwidern, denn eine düstere Vermutung drängte sich in den Vordergrund. Um uns herum breitete sich eine gespenstische Stille aus, und nur mein Atem, das Pulsieren meines Bluts in meinen Ohren und das Summen des Lebenserhaltungssystems in meinem Raumanzug waren zu hören. Mira, Piero und die anderen Mitglieder des 20-köpfigen Teams schwebten und hüpften lautlos im spärlichen Licht der Höhle.

So plötzlich wie Sallys Stimme verstummt war, lebte sie wieder auf. Doch diesmal klang sie nicht mehr frech und klebrig von all der Cola, sondern leise und flach, als wäre die Funkerin viele hundert Kilometer entfernt.

»Viktor«, sagte sie. »Da ist etwas.«

Unvermittelt spürte ich die Blicke der anderen auf mir.

»Was meinst du mit ›Da ist etwas‹?«, fragte Piero.

Dima Ivanov schien bereits eine Ahnung zu haben. Aufgeregt sprang er von der Ladefläche zu mir herab und sah mich mit weit aufgerissenen Augen an.

»Es ist ein Schiff«, sagte er.

»Stimmt das, Sally?«, drängte Piero und sah finster zu uns herunter.

Ivanov stellte fest: »Ford, du hast recht. Mit der Elektrosmogmessung können wir Objekte erkennen, die sich mittels elektromagnetischer Wellen fortbewegen.«

Piero geriet außer Fassung. »Sally, verdammt! Ist es ein Schiff?«

»Ja, verdammt! Es ist ein Schiff!«, antwortete die Frau auf der anderen Seite der Funkverbindung mit hörbarem Zittern in ihrer Stimme. »Es nähert sich dem Mond. Genauer gesagt, es ist auf direktem Kurs zur Sirio.«

»Dann müssen wir den Einsatz sofort abbrechen«, forderte ich. »Das können nur die Borsok sein.«

Mira sah mich mit glühenden Augen an. »Was lässt dich so sicher sein, Viktor? Es könnte genauso gut ein Schiff der Aika sein.«

»Erinnert ihr euch noch daran, wie vor vier Wochen alles angefangen hat?«, fragte ich. »Wir haben einen ganzen Tag lang nicht bemerkt, dass Borsok an Bord der Sirio waren. Die Borsok sind bisher die einzige der beiden Spezies, die über eine Art Tarnkappentechnologie verfügen. Und sie sind die einzige Spezies, die ein berechtigtes Interesse daran hat, uns auszulöschen.«

Ich atmete angestrengt aus. Obwohl die anderen Mitglieder des Außenteams aufgrund des isolierten Funk-Clusters keine Ahnung von dem hatten, was sich gerade zwischen uns abspielte, hatten sie sich um den Cargo-Lifter versammelt wie um ein Lagerfeuer und warteten offenbar auf neue Anweisungen.

»Also gut, Sally«, seufzte Piero. »Wie viel Zeit haben wir?«

Die Antwort ließ eine Sekunde zu lange auf sich warten, und ich konnte kaum glauben, dass Knie selbst in annähernder Schwerelosigkeit weich werden können. Miras scharfsinniger Blick traf mich, und sie schüttelte kaum merklich den Kopf.

»Sally!«, knurrte der Wachmann.

»Ja! Ich rechne gerade nach.«

Nervös biss ich mir auf die Unterlippe und hielt inne, als die Antwort endlich kam.

»Etwas weniger als eine halbe Stunde.«

2

IM FADENKREUZ

Kaum hatte Sally Cartier den Rest des 20-köpfigen Außenteams über das nahende Unheil informiert, brach Panik aus. Piero und die drei übrigen Wachen taten ihr Bestes, die sich auf der Ladefläche des Lifters sammelnden Wissenschaftler unter Kontrolle zu halten.

Ich trug einen schweren Koffer von 50 Kilogramm, der allerdings unter der geringen Gravitation des Monds leicht in meinen Armen lag. Ich stieß mich mit den Füßen vom Boden ab und trieb auf die Ladefläche des Transportraumschiffs. In diesem Moment streifte mich eine Technikerin aus der geologischen Abteilung. In ihrem Blick lag nackte Angst.

»Lassen Sie das Zeug hier!«, rief sie aufgeregt. »Wir haben genug Bohrer an Bord!«

Ein Mitarbeiter von TerraFracto verkündete mit zitternder Stimme: »Ich bleibe hier! Mich bekommen keine zehn Pferde nach draußen. Nicht, solange sich ein Schiff dieser Borsok nähert!«

Der Mann stand neben dem Schiff. Ich konnte nur

seinen Kopf und die weit aufgerissenen Augen in seinem dunklen Gesicht erkennen, doch ich wettete, er versuchte, seine Arme vor der Brust zu verschränken wie ein trotziges Kind – was ihm aufgrund des klobigen Raumanzugs nur mäßig gut gelingen würde.

Ich stellte die Kiste mit dem Bohrer auf einem markierten Bereich ab. Dann aktivierte ich die magnetische Ladungssicherung an dem kleinen Terminal auf der Oberseite des Stahlbehälters, sodass die Fracht mit einem Elektromagneten an die Ladefläche gepresst wurde.

Ich hatte mich noch nicht aufgerichtet, da zwängte sich Piero an mir vorbei. Mit seinen Händen zog er sich dicht über dem Boden bis zum Rand der Ladefläche und tauchte in die Dunkelheit hinab. Kurz darauf hörte ich aufgeregte Schreie, die sich anhörten, als schlachtete man ein Tier. Und noch einen Augenblick später erschien Piero wieder im Licht der Schiffsstrahler. Er hatte den Mitarbeiter von TerraFracto im Schlepptau. Der Mann wehrte sich nach Leibeskräften, doch seine Bemühungen waren angesichts der geringen Schwerkraft vergeblich.

Entschlossen brachte der Wachmann den uneinsichtigen Mann zu den Sitzbänken hinter der Pilotenkabine, drückte ihn in die Sitzschale und fixierte ihn mit dem Gurt. Ich folgte Piero und sah, dass Mira sich bereits angeschnallt hatte.

»Niemand bleibt hier!«, bestimmte Piero. »Nach spätestens 8 Stunden wäre euer Sauerstoff verbraucht. Das wäre ein ziemlich kurzer Spaß, oder?«

Keiner aus dem Team sagte etwas, und mit mir schnallten sich auch die letzten Mitglieder an. Ich saß eingezwängt zwischen Mira und der hysterischen Technikerin aus der Geologie. Piero zählte uns durch und gab der Pilotin des Lifters ein Zeichen. Unvermittelt spürte ich ein

Vibrieren und ein sanftes Schaukeln, und die aufleuchtenden Fluglichter des Schiffes erhellten die Wände der Mondhöhle. Die Pilotin steuerte den Cargo-Lifter auf die großzügige Tunnelröhre zu, durch die wir hereingekommen waren.

Piero stand wie ein Aufpasser am vorderen Ende zwischen den Sitzreihen und hielt sich an einer Haltestange der Pilotenkabine fest. Ich sah, dass er zum Sprechen ansetzte.

»Saraceno an Brücke. Wir kommen jetzt raus.«

»Hier spricht Captain Conteh«, drang es aus meinem Helmlautsprecher. »Verstanden. Wir haben Tor 3 im Frachthangar bereitgemacht.«

»Verzeihen Sie, Captain, dass ich mich einmische«, sagte ich plötzlich. »Haben Sie einen Plan, wie Sie das feindliche Schiff abwehren wollen?«

Der Lifter tauchte in die Tunnelröhre, und ich sah, wie die groben Felsstrukturen nur flüchtig beleuchtet über unsere Köpfe hinweg rasten.

»Sind Sie das, Mister Ford?«, fragte Captain Conteh zur Bestätigung. »Die Sirio ist ein Forschungsschiff, und wir haben keinerlei technische Möglichkeiten, uns gegen eine solche Bedrohung zu verteidigen. Unsere einzige Möglichkeit besteht darin, so schnell wie möglich Abstand zu dem feindlichen Schiff zu gewinnen. Beantwortet das Ihre Frage?««

Ich blickte in die Gesichter der Menschen gegenüber, und ich spürte, dass sie erst jetzt so richtig erkannten, wie bedrohlich die Situation war. Selbst ich hatte darüber nachgedacht, lieber bis zum Ende meines Sauerstoffvorrats in der fragilen Mondhöhle auszuharren, anstatt mich der aussichtslosen Flucht in der Sirio zu ergeben. Es war mehr als deutlich, dass wir dem feindlichen Borsok-Kreuzer nicht entkommen konnten. Er hatte uns entdeckt und war bereits zu nah.

»Was ist mit dem Material zum Koloniebau?«, fragte ich. »Könnten wir nicht einige der Gebäudemodule ...«

»Das bringt nichts«, unterbrach mich Captain Conteh. »Ich meine, wir können es gerne versuchen und dem Angreifer alles entgegenwerfen, was wir haben. Aber es wird nichts nützen. Nicht einmal der Sprengstoff wird etwas ausrichten.«

»Sprengstoff«, wiederholte ich.

»Ja, für den Koloniebau«, erklärte der Captain. »Himmel, Ford. Sie sind der Kolonieplaner.«

»Aber kein Geologe, der den Boden einebnet, Sir.«

»Wie dem auch sei. Kommen Sie unverzüglich zurück zur Sirio, und dann verschwinden wir so schnell wie möglich. Over.«

»Warten Sie, Captain!«, drängte ich.

Für einige Sekunden herrschte eine bedrückende Stille, und ich überlegte, ob ich wieder einmal den Zorn des Captains auf mich gezogen hatte. Die verständnislosen Blicke der anderen ließen jedoch keinen Zweifel daran, dass sie mich gerade hassten. Selbst Pieros Blick verriet, dass ich dabei war, den Bogen zu überspannen. Ich fragte mich selbst, ob ich in dieser Situation nicht eher ein störender Faktor war, der die Profis daran hinderte, ihre Arbeit zu erledigen. Wer war ich schon, dass ich mir einbildete, helfen zu können? Doch in diesem Moment sah ich eine Chance.

»Captain, Sir. Wie schnell können Ihre Leute den Sprengstoff aus der Sirio hinaustransportieren?«

»Was zum Teufel haben Sie vor, Ford?«, fragte Conteh.

Ich erklärte: »Wir könnten die Fragilität der Höhlendecke ausnutzen. Wenn wir ausreichend Sprengstoff darunter platzieren, könnten wir eine große Menge an losem Gestein erzeugen, das erheblichen Schaden anrichten könnte.«

»Aber nur in unmittelbarer Nähe!«, sagte Piero. »Wie soll eine gesprengte Höhle der Sirio helfen?«

»Ich glaube, ich verstehe, was Mister Ford meint«, sagte der Captain. »Das Borsok-Schiff muss nur nahe genug an der Explosion sein.«

Piero dachte nach, das konnte ich an seinem offenen Mund und seinem leeren Blick erkennen. In Kombination mit seiner knolligen Nase ließ ihn das nicht gerade geistreich erscheinen.

»Du willst also so etwas wie eine improvisierte Landmine in der Schwerelosigkeit«, fasste der Wachmann zusammen.

»Genau«, bestätigte ich. »Wenn wir es schaffen, die Sirio als Lockvogel einzusetzen und mit ihr das Borsok-Schiff dicht über die Oberfläche führen, bis es genau über der Höhle ist, könnten wir versuchen, es gezielt zu beschädigen.«

»Das ist, gelinde gesagt, ein ziemlich abenteuerlicher Plan, Mister Ford«, sagte der Captain.

»Ich weiß, Sir. Aber was ist unsere Alternative? Vor diesem Schiff zu fliehen? Im besten Fall erwischt es uns erst nach einigen Stunden. Ich behaupte nicht, alles zu wissen, aber ich versuche eine Alternative zu sehen, wenn es eine gibt. Und in diesem Fall ist Angriff die beste Verteidigung.«

»Sie glauben also, dass eine Verteidigung effektiver ist als eine Flucht«, sagte Conteh und klang nachdenklich.

»Ja, Sir. Das glaube ich«, stimmte ich zu.

Piero schüttelte den Kopf, und ich wusste genau, was er dachte. Er hielt mich für verrückt, genauso wie vor vier Wochen, als ich nicht an einen einfachen Unfall glauben wollte, als sein Lebensgefährte starb.

»In Ordnung«, entschied der Captain plötzlich. »Lassen Sie uns das versuchen.«

»Wie bitte?«, protestierte Piero.

»Wir haben noch etwa 20 Minuten, bevor das feindliche Schiff uns erreicht. In fünf Minuten haben Sie einen Lifter voller Sprengstoff draußen. Ich werde dafür sorgen, dass Major Harris zusätzliche Wachen zur Unterstützung abkommandiert. Lassen Sie uns sicherstellen, dass dies der letzte Flug dieses Borsok-Schiffs sein wird.«

Es ging alles furchtbar schnell. Nur eine Minute später tauchte unser Cargo-Lifter an die Oberfläche. Nach über einer Stunde in den Tiefen des aurigischen Trabanten wirkte die von der Sonne beschienene Mondoberfläche grell und beißend. Ich kniff unwillkürlich meine Augen zusammen und suchte trotzdem das sternlose Schwarz nach dem unbekannten Schiff ab. Ich wusste, dass meine Bemühungen nutzlos waren, aber ich hoffte, dass es mich ein wenig beruhigen würde, wenn ich wüsste, was uns erwartete.

»Lifter 3 ist an der Oberfläche«, hörte ich Sallys Stimme. »Bringt das Baby zum vorgesehenen Tor. Lifter 4 kommt in zwei Minuten zu euch raus.«

Einige hundert Meter über unserem Transportschiff schwebte die Sirio. Ihr silbern schimmernder Rumpf, umgeben vom 170 Meter durchmessenden Habitatring, der sich gemächlich an vier stabilen Speichen drehte, war ein beruhigender Anblick. In den Wochen, die wir bereits in dieser unbekannten Dimension verbracht hatten, war das Forschungsschiff zu meinem Zuhause, zu meinem sicheren Anker in einer fremden Welt geworden.

Die Pilotin steuerte zielstrebig auf die Unterseite des über 200 Meter langen Rumpfs zu, aus dem sich bereits eine Klappe geöffnet hatte. Ich sah, dass der Schiffsaufzug bereits herausgefahren war.

»Viktor«, rief Piero. »Da du diese großartige Idee hattest, darfst du uns beim Platzieren des Sprengstoffs helfen. Der Rest von euch geht mit dem Lifter auf die Sirio.«

Miras besorgter Blick traf mich. Ich legte meine Hand auf ihren dick eingepackten Oberschenkel.

»Ich schaffe das, versprochen«, sagte ich.

Sie sagte nichts. Ich wusste, dass sie in hart im Nehmen war. Wir waren erst seit ein paar Wochen offiziell ein Paar, und ich hatte den Anspruch, dass es noch eine Weile so blieb. Ich würde zurückkommen. Und nach allem, was Mira und ich in der Vergangenheit durchgemacht hatten, wollte ich nichts mehr, als für diese Frau da zu sein.

Sanft landete der Lifter auf der herausgefahrenen Plattform, und bevor sie in den Rumpf hochfuhr, verließen Piero, seine drei Männer und ich das Schiff und trieben durch die Schwerelosigkeit zur Plattform nebenan.

»Alles klar, Leute«, hörte ich Piero sagen. »Schnallt euch an. Wir starten sofort.«

Auf dem Rückweg zur Oberfläche gab uns Ivanov über Funk Anweisungen, wie wir die Sprengladungen an der Höhlendecke anbringen sollten, um größtmöglichen Schaden anzurichten.

»Der Hohlraum funktioniert ähnlich wie die Brennkammer eines Raketenantriebs«, erklärte der Astrophysiker. »Aufgrund der geringen Dichte des Gesteins dürfte es sich beim Explodieren der Ladungen problemlos von den umliegenden Strukturen lösen. Der entstehende Druck wird das lose Gestein in den Himmel schleudern.«

Der Pilot steuerte Lifter 4 mit einem waghalsigen Manöver in die Höhle, und ich hätte garantiert gekotzt, wenn ich nicht so aufgeregt gewesen wäre. Während wir immer tiefer in das Labyrinth aus porösem Mondgestein eindrangen, teilte uns der Captain mit, dass er die Sirio in diesem Moment auf eine Position brachte, die es ihm erlaubte, knapp über der Höhle vorbeizufliegen. Schon nach drei Minuten befanden wir uns wieder inmitten der ausgedehnten Kaverne, und jedes Mitglied des achtköpfigen Teams packte sich eines der handkoffergroßen Sprengpakete von der Ladefläche.

Wie Taucher nach einer Tour der Oberfläche entgegentrieben, schwebten wir zur Decke. Mit einer Hand packte ich einen Vorsprung und versuchte mit der anderen, die besorgniserregend große Bombe zu platzieren, als plötzlich der Captain sich meldete.

»Conteh an Außenteam. Wie weit seid ihr?«

»Noch zehn Minuten, Sir«, antwortete Piero.

»Ihr habt keine zehn Minuten mehr. Verlasst sofort die Höhle und zündet die Ladungen auf mein Kommando.«

»Mo-Moment«, stammelte ich. »Was meinen Sie mit ›wir haben keine zehn Minuten mehr‹?«

»Wir haben bereits Sichtkontakt«, erklärte Conteh ernst. »Der Störfaktor, der es uns unmöglich gemacht hat, das Schiff vorher zu orten, hat eine genaue Abstandsmessung verhindert. Aber mittlerweile können wir das Schiff mit den Kameras ausmachen. In drei Minuten wird es bei uns sein.«

»Verdammt!«, fluchte ich.

»In Ordnung, Sir«, rief Piero mit einer Entschlossenheit, die klang, als wären wir längst mit unserer Arbeit fertig. »Jagen wir dieses Ding vom Himmel. Wir warten auf Ihr Kommando.«

»Was soll die Scheiße, Sergeant!«, beschwerte sich einer von Pieros Männern. »Wir haben noch 12 Ladungen auf dem Lifter. Das schaffen wir nie!«

Der muskulöse Wachmann erwiderte: »Ganz ruhig, Leute. Jeder von euch platziert noch eine Ladung, dann machen wir uns von den Socken. Farouq, du bringst schon einmal den Lifter in Position.«

»Aye«, sagte eine dunkle Stimme.

Ich aktivierte mein MMU und presste die mit dunklem Kunststoff ummantelte Sprengmasse kraftvoll in den Spalt über meinem Kopf. Dabei achtete ich darauf, nicht mit meinem Visier gegen den Felsen zu schlagen. Ein Leck im Anzug konnte ich im Augenblick nicht gebrauchen.

Als ich merkte, dass die Ladung an Ort und Stelle blieb, schaltete ich den Zünder ein, drückte mich von der Decke ab und tauchte steil zum Transportschiff hinab, wo ich bereits zwei von Pieros Leuten die nächsten Pakete schnappen sah. Mit den Lenkdüsen korrigierte ich meine Bahn und hielt genau auf eines der dunklen Frachtstücke zu. Dann breitete ich meine Arme aus, umschlang es, deaktivierte die magnetische Sicherung und stieg ein weiteres Mal zur Decke auf.

»Das war's«, verkündete Piero plötzlich. »Ford, lass das Paket. Wir verschwinden.«

Ich war auf halbem Weg. »Noch dieses eine.«

»Nein, wir haben keine Zeit mehr!«

»Je mehr Sprengstoff wir haben, desto besser«, sagte ich.

»Ford!«, brüllte Piero. »Komm jetzt, oder wir müssen dich hierlassen!«

Kurz zögerte ich. Doch dann dachte ich daran, dass diese Aktion funktionieren musste, sonst war das Ende der Sirio und das aller Menschen an Bord so gut wie besiegelt. Unbeirrt hielt ich auf die Höhlendecke zu.

»Fliegt los«, sagte ich. »Ich bringe das zu Ende.«

»Du bist doch irre!«, hörte ich den Wachmann sagen.

Im schwachen Schein meiner Helmlampen erschien vor mir das poröse Mondgestein. Ich streckte meine Arme aus und spürte, wie die Sprengladung gegen den Felsen schlug. Allerdings fand sie keinen Halt und ich trieb zurück.

Geh rein, verdammt!, dachte ich.

Ich kippte die Spitzen meiner Füße nach unten und spürte, wie das ausströmende Gas an den Düsen meines MMUs mich erneut der Höhlendecke entgegenbrachte. Ein weiteres Mal stieß ich gegen den Felsen, diesmal an einer anderen Stelle. Doch auch dort prallte ich wie ein Gummiball ab, und es brauchte einige Sekunden, ehe die Kraft des Schubs mich wieder zur Decke drückte.

»Der Lifter ist bereit«, hörte ich die dunkle Stimme des Piloten.

Ich betete, dass Piero mir noch ein paar Sekunden gab. Ich war etwa zwei Meter von der Höhlendecke entfernt und versuchte, in dem schummerigen Licht einen Spalt zu finden, der breit und tief genug war. Doch da war nichts. Blind steuerte ich gegen den Felsen, stemmte das Paket dagegen und spürte einen Widerstand.

Es steckt fest!, dachte ich.

Ich aktivierte den Zünder und entließ mich in die Weite der Höhle. Erschrocken stellte ich fest, dass der Lifter kurz davor war, in die Tunnelröhre einzufliegen.

Die Düsen meines MMUs brachte ich auf vollen Schub.

»Wir starten das Manöver«, verkündete der Captain plötzlich. »In etwa vier Minuten passieren wir den Bereich über der Höhle. Sehen Sie zu, dass Sie sofort verschwinden!«

»Aye, Captain«, rief Piero mit monotoner Stimme. »Wir sind bereit und ziehen uns jetzt zurück. Alles Gute!«

So schnell es mir möglich war, schwebte ich dem Cargo-Lifter hinterher, doch es schien, als schwebte ich auf der Stelle. Auch wenn das Stickstoffgas zum Antrieb meines MMUs bis zur Mondoberfläche reichen würde, wusste ich, dass die Druckwelle der Explosion schneller sein würde. Ich musste zum Transporter gelangen, wenn ich nicht gegen die schroffen Felsen gedrückt werden wollte.

»Piero, ich bin auf dem Weg!«, meldete ich.

Der Wachmann antwortete nicht. Ich konnte sehen, wie die Sicherheitskräfte auf den Sitzbänken sich zu mir umdrehten. Die rettende Ladefläche war noch etwa 30 Meter entfernt. Farouq, der Pilot, hatte noch nicht den vollen Schub aktiviert. Im Gegensatz zu mir. Doch zu meiner Überraschung sah ich, dass ich mich dem abfliegenden Schiff näherte. Langsam, aber stetig.

Sie warten!, fiel mir auf.

Beharrlich folgte ich dem Schiff, kam ihm Stück für Stück näher, bis ich es erreichte. Ich packte die an der Kante entlangführende Haltestange und zog mich auf die Ladefläche. Von dort waren es nur noch ein paar Züge über den Gitterboden, mitten durch die übrigen Sprengladungen, bis ich schließlich die Sitze erreichte.

»Das war extrem dumm von dir, Ford«, sagte Piero.

»Jede Sprengladung erhöht die Aussicht auf Erfolg«, erwiderte ich.

Mit butterweichen Knien und kraftlosen Armen schnallte ich mich an und drückte mich gegen die Lehne. Wir kamen an die Oberfläche, und der Pilot führte das Schiff in einem großen Bogen an der steil aufragenden Klippe hinauf.

»Was haben Sie vor, Farouq?«, fragte ich.

»Ich will es sehen!«, war die simple Antwort.

Wir sahen es. Kaum flogen wir über die Kante der Klippe, erschien vor uns die Sirio, verfolgt von einem Schatten. Selbst bei diesen Lichtverhältnissen konnte man die unheimliche Form des Borsok-Kreuzers ausmachen. Der vordere Teil war gewölbt wie der Panzer einer Schildkröte, während aus ihm lange spitze Flügel sich zum Heck hin ausstreckten. Das Schiff sah aus wie eine überdimensionale Spinne, die unserem Forschungsschiff hinterherjagte. Farouq reduzierte die Geschwindigkeit.

»Gott, ist das riesig!«, rief eine der Wachen.

Aus dem dunklen Rumpf des Borsok-Schiffs jagten rote Laser in Richtung der Sirio, verfehlten sie jedoch bisher. Conteh ließ das Schiff bis auf etwa 50 Meter über der Oberfläche herunter. Der Habitatring drehte sich bedrohlich dicht über dem unebenen Grund, und ich war froh, nicht an Bord zu sein, und diesen Anblick ertragen zu müssen.

»Sie dürften den Punkt jeden Augenblick erreichen«, knurrte Piero.

Das Borsok-Schiff verringerte ebenfalls seine Flugbahn. Es war klar, dass die Sirio im Fadenkreuz war, sobald es die entsprechende Flughöhe erreicht haben würde. Ich hielt den Atem an.

»Conteh an Außenteam«, meldete sich der Captain plötzlich. »Haltet euch bereit.«

Ich sah zu Piero, der gespannt zur Sirio aufblickte, das Tablet zum Zünden der Sprengladungen fest in seinen mächtigen Händen.

»Wir haben den Punkt passiert«, verkündete der Captain. »Zünden Sie in fünf, vier, drei, zwei, eins …«

Pieros Gesicht nahm einen verbissenen Ausdruck an. Dabei machte er eine Bewegung, als versuchte er das Tablet noch flacher zu bekommen. Die Sirio flog dicht über unsere Köpfe hinweg.

»Gezündet!«, rief der Wachmann harsch.

Zuerst geschah nichts. Doch dann sah ich wellenförmige Bewegungen auf dem Mondboden einige hundert Meter vor uns. Wie in Zeitlupe warfen sie sich auf. Nicht in konzentrischen Wellen, so wie man es erwarten würde, sondern wie bei einem Erdbeben. Dann hoben sich einzelne Bereiche, als wollte etwas aus ihnen hervorwachsen. Immer höher stiegen die Felsbeulen, wirbelten das grünliche Regolith auf, rissen die umliegenden Bereiche mit sich.

»Es funktioniert«, entwich es mir.

Auf einer Fläche von etwa 100 Metern im Durchmesser brach der Mondboden auf. Aus einer schnell größer werdenden Staubwolke stiegen schroffe Klumpen Mondgesteins. Fasziniert sah ich dabei zu, wie das Borsok-Schiff ihnen nicht mehr ausweichen konnte. Es flog direkt in die gewaltige Gesteinsfontäne.

Die Brocken trafen den dunklen Rumpf, zäh und tonlos. Eine erste Explosion blitzte am Bug auf, weitere tauchten die Unterseite des Schiffskörpers in diabolisches Orange. Das zerstörerische Feuer währte nur kurz in der Schwerelosigkeit. Ich wusste jedoch, dass es sich durch die aufgerissenen Löcher ins Schiffsinnere fraß, wo es Sauerstoff fand.

Die Flugbahn des Borsok-Schiffs veränderte sich. Das dunkle Objekt bekam Schlagseite und trieb der Mondoberfläche entgegen. Wir sahen von der Ladefläche des Lifters dabei zu, wie es aus dem künstlichen Asteroidenfeld herauskam. Als hätte man einen Wolkenkratzer aus dem Himmel zur Erde geworfen, schlug das Borsok-Schiff etwa dreihundert Meter neben uns in den Mondstaub. Unter dem Aufblitzen unzähliger kleinerer Explosionen brach der

Rumpf an der Unterseite über etliche Meter auf. Aufgrund der geringen Schwerkraft trieb das beschädigte Schiff wieder in den Himmel, doch allen war klar, dass es unfähig war, weiterzufliegen.

Gebannt starrte ich auf das schaurige Schauspiel, auf die aus einer gewaltigen grünen Wolke aufsteigenden Felsbrocken, das frische Wrack, das gerade zum Grab vieler Borsok wurde.

»Außenteam an Sirio«, hörte ich Piero. »Sieht so aus, als hätten wir den Angreifer abgewehrt.«

Die Antwort ließ einige Sekunden auf sich warten, doch dann meldete sich ein ehrfürchtig klingender Kapitän. »Wir sehen es. Gute Arbeit. Kommen Sie nach Hause!«

Ich zog meinen Helm ab und legte ihn wie eine zu schwere Last auf die Bank. Captain Conteh und Major Harris standen in einer Gruppe von Sicherheitsleuten, und ich konnte sagen, dass ihre Gesichter weder glücklich noch zufrieden aussahen.

»Was ist los?«, fragte ich.

»Professor Jergovic hat die sogenannte Anomalie überprüft«, sagte Conteh. »Es war, wie Sie vermutet haben, eine Art Tarnprogramm. Jergovic konnte anhand der elektromagnetischen Emissionen die Flugbahn des Schiffs zurückverfolgen.«

Ich atmete tief ein, denn ich war froh, aus dem beengenden Anzug herauszukommen. Außerdem roch die Luft hier auf der Sirio so vielfältig. Im Anzug stank es nur nach der Aerogel-Isolierung und verbrannten Hautschuppen. Während man Erstes durch regelmäßige Inspektionen beseitigen konnte, ließ sich Letzteres so gut wie nie vermeiden, wenn man im All unterwegs war, es sei denn, man schaffte es, dass die Sonne nicht durch das Visier schien.

»Es war das Schiff, das uns das letzte Mal angegriffen hat, oder?«, fragte ich.

Der Captain seufzte und verzog seine vollen Lippen inmitten seines ergrauten Vollbarts. Kate Harris trat einen Schritt vor. Neben dem imposanten Captain wirkte die Sicherheitschefin noch zierlicher und magerer, als sie ohnehin schon war. Ihre fehlende körperliche Präsenz wusste sie jedoch durch eine gnadenlose Härte aufzuwiegen.

»Auch jemand wie Jergovic macht Fehler, Mister Ford«, sagte sie. »Aber in diesem Fall sind sich er und seine Leute ziemlich einig, dass das Schiff, das uns angegriffen hat, nicht der Borsok-Kreuzer ist, den wir noch im Auriga-System vermuten.«

»Sie meinen, es gibt noch ein weiteres Schiff?«, fragte nun Piero, der bereits den Verschluss seines Anzugs öffnete.

»Nicht nur ein weiteres«, sagte der Captain.

»Jergovic ist sich ziemlich sicher, dass das Schiff aus dem Dimensionsportal kam. Und mit ihm noch weitere.«

Plötzlich wurde es in meinem Anzug unerträglich heiß. Nervös fummelte ich die Handschuhe ab und suchte nach den Öffnungen, als ich der Ungeheuerlichkeit lauschte, die Kate Harris uns in diesem Moment offenbarte.

»Alles deutet darauf hin, dass das Portal wieder aktiv ist«, sagte sie. »Und es ist anzunehmen, dass das feindliche Schiff aus seiner Ursprungsdimension kam.«

3

DER AUFTRAG

War der 1. Januar 2084 geprägt von dem Angriff und der Zerstörung des Borsok-Kreuzers, so war der darauffolgende Tag bestimmt von den Auswirkungen, die dieses Ereignis auf den Verlauf unserer Mission hatten. Mit schnellen Schritten hasteten Mira und ich den vorderen Hauptkorridor von Ebene 2 herab.

»Warum kannst du nicht einmal pünktlich aus dem Bett kommen?«, zischte Mira.

Ich sah zu ihr. Sie hatte dies gesagt, ohne mich anzusehen. Stattdessen stakste sie mit verbissenem Blick unserem Ziel entgegen, und eine Strähne ihres naturroten Haars war ihrem Pferdeschwanz entkommen und wippte vor ihrer Wange auf und nieder.

Ich antwortete: »Weil wir uns noch immer kein Apartment teilen.«

Jetzt sah sie zu mir, doch ich konnte nicht sagen, dass meine Antwort sie erfreute.

»Hör zu«, sagte ich deshalb. »In der Regel werde ich

wach, wenn die Sonne aufgeht.«

»Da hast du dir aber den falschen Job ausgesucht, mein Lieber«, erwiderte Mira.

»Meist werde ich ja pünktlich wach. Was kann ich dafür, dass der Captain uns in aller Herrgottsfrühe zu einem Gespräch einlädt?«

»Es ist der Captain, Viktor!«, rief Mira. »Wenn er wollte, könnte er um drei Uhr in der Nacht ein Treffen anberaumen. Unsere verdammte Pflicht ist es, dass wir pünktlich dort erscheinen.«

»Bist du etwa sauer auf mich?«, fragte ich.

»Nein«, rief Mira entschieden. »Nur sauer, dass ich mich auf dich verlassen habe.«

Das hatte gesessen. Ich beschloss, nicht weiter auf ihre Aussage einzugehen. Ich wusste, Mira hatte noch nichts gefrühstückt, doch im Gegensatz zu mir äußerte sich dies bei ihr in ausgewachsener Übellaunigkeit. Der Kaffee bei der Besprechung würde das bis zum Frühstück etwas korrigieren.

Die beiden Decks im Habitatring verfügten über je zwei Hauptkorridore, einen zum Bug hin und einen zum Heck hin, und jeder der Korridore besaß eine Länge von 540 Metern. Wenn man es darauf anlegte, konnte man sie als Joggingstrecken nutzen. Doch hier, wenige Meter vor der Brücke, war bereits um sieben Uhr morgens viel Betrieb. Etliche Mitarbeiter der Crew – ich erkannte sie an den blauen Overalls – überquerten den Gang, sprachen miteinander, standen an den Crew-Terminals und loggten ihre Dienstzeiten, denn die Nachtschicht war gerade vorüber.

Die Rotation des Rings erzeugte eine erdnahe Anziehungskraft, welche es uns ermöglichte, unter annähernd normalen Bedingungen zu leben und zu arbeiten. Zumindest im Ring. Wir liefen an seiner Innenseite, was bedeutete, dass man den Korridor auch nur soweit überblicken konnte, wie es die konkave Krümmung zuließ.

»Vielleicht haben sie noch nicht angefangen«, sagte ich.

»Das hoffe ich für dich, Viktor«, erwiderte Mira mit zusammengekniffenen Augen. »Das nächste Mal warte ich nicht.«

Wir erreichten den Besprechungsraum des Captains und als Mira und ich eintraten, richteten sich die Blicke von einem Dutzend Männer und Frauen auf uns. Sie standen beisammen vor einer grell leuchtenden Projektionsfläche. Zwischen der Gruppe und der Projektion sah ich den Captain und Eines musste man ihm lassen. Er beherrschte es, seinen Missmut im Zaum zu halten.

»Ah, da sind Sie ja«, sagte er ruhig. »Wir haben gerade begonnen.«

Ich vermied es, Blickkontakt mit Mira zu suchen, denn ich ahnte, welch ungestüme Naturgewalten in der Frau gerade wüten mussten. In der Gruppe erkannte ich Major Harris, Dima Ivanov und seinen Vorgesetzten Professor Jergovic.

»Also, schön«, richtete sich Conteh an die Gruppe. »Wir wissen also, dass das Borsok-Schiff aus dem Dimensionsportal gekommen ist. Das führt uns, wenn ich mich nicht irre, zu der Schlussfolgerung, dass das Portal aktiv sein muss. Was ich allerdings nicht verstehe: Bisher sind wir davon ausgegangen, dass die Aika im Besitz des Portals sind und über die Technik verfügen, es zu bedienen.«

Jemand räusperte sich. Es war Professor Jergovic, der kleine Chefastronom, der mit seinem wirren weißen Ziegenbart und seiner dicken Brille seinem Berufsstand alle Ehre machte.

»Das ist richtig, Captain«, sagte er. »Zuerst einmal erscheint dieser Fakt, dass das feindliche Schiff vom Portal gekommen ist, unmöglich. Das würde bedeuten, die Aika oder wer auch immer hätten das Portal repariert. Gestützt wird diese Theorie allerdings durch einige Messungen über den Betrag der negativen Masse, die wir seit gestern Abend gemacht haben. Die Ergebnisse deuten darauf hin, dass das Wurmloch offen ist. Nehmen wir also an, das Portal funktioniert, dann bedeutet das, wir haben eine realistische Chance auf eine Rückkehr zur Erde.«

Jetzt sah ich doch zu Mira. Sie folgte aufmerksam den Worten des Astrophysikers, und ich bedauerte ein wenig, dass ich ihr den Morgen verdorben hatte. Selbst wenn mein Biorhythmus zu nichts anderem fähig war.

»Das sehe ich auch so«, stimmte Major Harris dem Wissenschaftler zu. »Sollte es sich bewahrheiten, dass das Portal funktioniert, sollten wir jede Chance nutzen, die uns zurück in unsere Heimatdimension bringt.«

»Es gibt da allerdings noch einige Punkte, die nicht zusammenpassen«, sagte ich.

Jergovic sah mich scharf an, und auch Kate Harris schien kritisch.

»Sie sagten es gerade selbst, Professor. Wir sind davon ausgegangen, dass die Aika die Kontrolle über das Portal haben. Aber dass das Borsok-Schiff von dort gekommen zu sein scheint, ist kein gutes Zeichen. Das würde bedeuten, dass die Borsok entweder das Portal beherrschen oder ein Durchgang zu ihrer Ursprungsdimension offensteht, und sie mit einer Flotte in das Auriga-System eingedrungen sind.«

Kate Harris verschränkte die Arme auf dem Rücken und hob ihre spitze Nase. Zusammen mit ihrer blonden Kurzhaarfrisur und ihrem anthrazitfarbenen Overall wirkte sie streng.

Sie schlussfolgerte: »Das beinhaltet die Möglichkeit, dass die Aika zwar die Herren über das Portal sind, die Borsok es aber unter ihre Kontrolle gebracht haben könnten.«

»Bitte, meine Damen und Herren«, beschwichtigte Captain Conteh. »Das ist alles sehr hypothetisch.«

»Natürlich ist es das«, sagte Professor Jergovic.

Conteh verdrehte die Augen.

»Da gibt es noch ein Problem«, erhob sich eine dünne Stimme.

»Welches, Mister Ivanov?«, wollte der Captain wissen.

Der kleine runde Wissenschaftler stand hinter Jergovic, als wollte er sich verstecken, was ihm allerdings nur leidlich gelang, da sein Vorgesetzter die Statur eines Streichholzes hatte.

»Nach den Berechnungen meiner Kollegin Doktor Jazmine Soto sind die Übergänge zu den anderen Dimensionen periodisch«, erklärte Ivanov. »Das bedeutet, sie kehren in regelmäßigen Abständen wieder. Das Problem dabei ist, dass wir herausfinden müssen, zu welcher Zeit der Durchgang zur Erde erscheint. Es ist sogar anzunehmen, dass bei der ›Wiederinbetriebnahme‹ des Portals und dem daraus resultierenden Wurmloch eine Veränderung des Übergangsrhythmus zustande gekommen ist.«

»Das ist ein guter Einwand«, lächelte Professor Jergovic. »Daran habe ich auch schon gedacht.«

»Und von unserem aktuellen Standort aus, können wir keinerlei Messungen durchführen, die es uns erlauben, eine mögliche Frequenz zu ermitteln. Geschweige denn, herauszufinden, bei welchem Fenster eine Verbindung zur Erde zustandekommt. Dafür ist die Sirio viel zu weit weg.«

»Das heißt, wir müssen vor Ort Messungen durchführen«, sagte ich.

Jergovic wie auch Ivanov nickten.

»Augenblick«, sagte Conteh. »Noch ist nichts entschieden.«

»Doch ich denke schon, Sir«, sagte Jergovic furchtlos.

»Da ist noch etwas«, sagte nun Mira und in ihrer Stimme erkannte ich eine gewisse Unruhe. »Wenn sich unsere Befürchtungen bewahrheiten, und die Borsok das Portal kontrollieren, dann besteht auch die Möglichkeit, dass sie den Weg zu unserer Erde finden könnten, oder?«

Niemand sagte etwas. Sogar Major Harris, die gern alle Möglichkeiten und Variablen im Blick hatte, schien nicht einmal im Kern an eine derart schockierende Eventualität gedacht zu haben. Doch es stimmte. Wenn wir Menschen in der Lage waren, eine Verbindung zu unserer Erde nachzuweisen, konnten es möglicherweise auch die uns technisch weit überlegenen Borsok.

»Warum sollten sie zur Erde?«, fragte Captain Conteh vorsichtig.

»Weil sie es können«, antwortete Major Harris.

»Eine feindliche extraterrestrische und raumfahrende Spezies kann alles machen, wonach ihr der Sinn steht«, sagte ich. »Wir können ihre Motive nicht nachvollziehen, genauso, wie sie unsere nicht verstehen können.«

»Aber auch das sind alles Gedankenspiele!«, wehrte Conteh ab. »Bitte, versuchen wir, bei den Tatsachen zu bleiben und dabei, wie wir als Mannschaft der Sirio eine realistische Chance auf eine Rückkehr nach Hause haben.«

Die Worte des Captains verhallten, ohne dass ihm jemand antwortete. Befangen blickte ich an Mira vorbei durch das große Fenster, wo ich die ausgedehnte Ellipse des inneren Auriga-Monds entdeckte. Grünlich strahlte das Licht der Sonne von ihm ab und tauchte den Besprechungsraum in samtenes Smaragdgrün. Gestern um diese Zeit hatte ich dort unten die Sprengladungen angebracht.

Professor Jergovic räusperte sich: »Also, für mich erscheint es derzeit am sinnvollsten, wenn wir versuchen, mit der Sirio so dicht wie möglich an das Dimensionsportal heranzugelangen. Dann könnten unsere Messinstrumente herausfinden, ob das Portal aktiv ist und wenn ja, ob es gegenwärtig in der Lage ist, ein Wurmloch zu erschaffen.«

Ivanov fügte hinzu: »Wenn dem so ist, könnten wir die Frequenz der Durchgänge ermitteln und möglicherweise identifizieren, ob in den periodischen Übergängen eine Verbindung zu unserer Erde existiert.«

»Möglicherweise?« Conteh riss seine Augen weit auf.

»Möglicherweise«, lächelte Jergovic. »Wie Sie bereits sagten, Captain. Bisher sind das alles nur Gedankenspiele.«

Contehs Gesicht nahm einen verdrießlichen Ausdruck an. Er drehte sich zu Kate Harris und schien ihr wortlos etwas mitzuteilen. Die Chefin des Sicherheitsdienstes löste ihre Arme von ihrem Rücken und trat vor die Gruppe.

»Einverstanden«, sagte Harris mit ihrer unterkühlten Stimme. »Wir werden einige Szenarien erstellen, wie wir vorgehen können. Klar ist allerdings: Wir müssen handeln, denn die Borsok haben uns gezielt gesucht.«

»Und gefunden«, ergänzte ich.

Kate Harris ließ sich nicht dazu herab, mich anzusehen. Sie sprach einfach weiter.

»Am realistischsten ist aktuell, dass wir uns mit der Sirio dem Portal soweit annähern, dass wir sicher sind und Sie, Professor, die nötigen Tests durchführen können.«

Während die meisten Anwesenden zustimmend nickten, fiel mir auf, wie Conteh zum Fenster schlich, den Rücken uns zugewandt.

»Das gefällt mir nicht«, murmelte er. »Wenn die Borsok wissen, wo wir sind, ist es nicht klug, ihnen in die Arme zu laufen.«

Der Captain sah besorgt in die Runde. Seine Sicherheitschefin wirkte für ihre Verhältnisse vergleichsweise milde, doch sie sagte ihrem Vorgesetzten nicht, was es in diesem Augenblick zu sagen galt. Auch Jergovic blieb still.

Deshalb nahm ich all meinen Mut zusammen: »Es tut mir leid, das sagen zu müssen, Sir. Aber es scheint, als sei dies unsere einzige Möglichkeit, um herauszufinden, wie wir wieder nach Hause gelangen können. Wir müssen mit der Sirio so dicht an das Dimensionsportal heran, wie es nur geht.«

4

AMSTERDAM

Juni 2082

Ich trug den einzigen Anzug, den ich besaß. Leider zwickte er an allen Ecken und Enden und außerdem war das Jackett an den Armen mittlerweile eindeutig zu eng. Es gab nur zwei Möglichkeiten, an dieser Misere etwas zu ändern. Entweder ich besorgte mir einen neuen Anzug, auch wenn ich das dunkle Blau meines jetzigen sehr mochte, oder ich saß weniger auf der Hantelbank. Letzteres war allerdings keine wirkliche Option, denn die meisten Frauen standen nun mal auf meine Muskeln.

»... Deshalb denke ich«, sagte der schmierige Schlipsträger auf der Bühne, »nein, ich glaube sogar fest daran, dass die Mission nach Auriga unter wirtschaftspolitischen und ressourcentechnischen Gesichtspunkten von höchster Relevanz ist. Nicht nur für TerraFracto, sondern stellvertretend für alle rohstofffördernden Unternehmen auf diesem Planeten.«

›*Ressourcentechnische Gesichtspunkte*‹, dachte ich. *Das muss ich mir für das Bullshit-Bingo der Wirtschaftsbosse merken.*

An diesem lauen Sommerabend saß ich zusammen mit knapp 200 weiteren Leuten aus Wissenschaft und Technik im Van-Der-Leuven-Conference-Center in Amsterdam und lauschte dem letzten Vortrag. Den ganzen Tag über hatte es verschieden Panels und Vorträge zu der im nächsten Jahr anvisierten Raumfahrtmission nach Auriga gegeben. Neben der detaillierten Vorstellung des Forschungsschiffs – die Sirio war das größte Raumschiff, das bis zu diesem Zeitpunkt gebaut worden war – referierten Fachleute auch über astrophysikalische, exobiologische und xenolinguistische Projekte.

Der Mann auf der überdimensionalen Bühne fuhr fort: »Als weltweite Nummer Drei der Rohstoffförderer konnte sich TerraFracto für eine Beteiligung an der Auriga-Mission qualifizieren und das gab uns die Möglichkeit, das Projekt mit einer Summe von 12 Milliarden Euro zu unterstützen …«

Wie großzügig, dachte ich und presste mich gähnend in die weiche Lehne.

Ich merkte, wie meine Aufmerksamkeit abdriftete und ich die Frauen in der näheren Umgebung auskundschaftete. Von den meisten sah ich lediglich ihre Hinterköpfe mit ihren hübsch drapierten Haaren, ihre schlanken Hälse …

»… Vielen Dank für Ihre Aufmerksamkeit«, verabschiedete sich der drahtige Kerl mit den nach hinten frisierten Haaren auf einmal.

Hinter ihm auf der astronomisch großen Leinwand änderte sich das Bild und ein letztes Mal erschien der Titel der Veranstaltung zusammen mit dem Namen des Vortragenden: ›Globale Chancen durch Rohstoffförderung auf Exoplaneten. Referent: Dr. Amon Balcom‹.

»Na, gut geschlafen?«, fragte mich Marco Bronkowicz.

Der Mann mit der Statur und der Behaarung eines Bären war seit einigen Wochen offiziell mein neuer Vorgesetzter, und noch bis zum anvisierten Ende der Auriga-Mission im Januar 2088 würde er es bleiben. Bronkowicz hielt mir ein großes Bier hin, dessen zusammenstürzende Schaumkrone sich ihren Weg am äußeren Glasrand nach unten suchte, und lächelte mich durch seinen dunklen Bart an.

»Du kennst mich ja schon verdammt gut«, lachte ich und nahm das Glas.

»Wie findest du ihn?«, fragte Bronkowicz und deutete mit seinem Kopf zur Theke.

Ich sah über seine Schulter und entdeckte dort, umringt von einer Entourage aus Firmenhyänen und jungen Frauen, die sich gern in fremder Reputation sonnten, Amon Balcom. Er hing lässig auf einem Barhocker und unterhielt sich mit drei Leuten gleichzeitig.

»Ich frage mich, wie so eine Schlaftablette auf Frauen so attraktiv wirken kann?«

Bronkowicz lachte herzlich. Dabei schwappte Bier über die Kante seines Glases, welches durch einen unerwartet agilen Ausfallschritt auf den dunklen Boden klatschte. Überhaupt machte der an sich recht formlose Bronkowicz eine gute Form in seinem braunen Tweed-Jackett. Ich dagegen fühlte mich mehr als unwohl und versuchte das Zwicken meiner Nähte zu ignorieren.

Stattdessen sagte ich: »Aber im Ernst, Marco. Warum muss ein Rohstoffkonzern bei einer wissenschaftlichen Mission dabei sein?«

Bronkowicz nahm einen großen Schluck und sah mir tief

in die Augen. »TerraFracto tut so, als sei dies eine logische Konsequenz der geologischen Erforschung Aurigas.«

»Du meinst, dass wenn man sowieso schon vor Ort ist auch direkt sein Firmenlogo in den Boden rammen kann?«

Der Chef des Besiedlungsprojekts zuckte mit den Achseln.

Ich sagte: »Ich finde ja, dass die Konzerne durchaus ihre Kohle in die verschiedenen Projekte blasen können. Aber sie sollten zumindest den Anstand besitzen, mit ihren firmenpolitischen Eroberungen zu warten, bis die Wissenschaft ihre Arbeit gemacht hat.«

»So etwas höre ich aus dem Mund von jemandem, der an einer Wirtschaftsakademie gelernt hat?«

Bronkowicz klang amüsiert, möglicherweise war er auch schon betrunken. Ich seufzte und setzte mein Glas an. Kühl stürzte das Bier meinen Rachen herab und machte den Gesprächslärm um mich herum etwas erträglicher.

»Das mit der unschuldigen Wissenschaft kannst du vergessen, Viktor«, sagte Bronkowicz. »Das alles ist ein abgekartetes Spiel aus geopolitischen Interessen und einem Haufen Geld.«

»Du machst mir nicht gerade Hoffnung«, sagte ich und nahm einen weiteren Schluck.

»Wenn man diese Dinge ausblendet, kann man allerdings seinen Spaß haben.«

Bronkowicz blickte an mir vorbei und leckte sich das Bier von seinen Lippen. Als ich mich umdrehte, um zu sehen, wen er entdeckt hatte, stockte mir augenblicklich der Atem.

»Sag, was du willst, Viktor. Sie ist immer elegant.«

Es war die Frau, die mich im letzten Jahr für die Auriga-Mission angeworben hatte und ich musste zugeben, dass sie an diesem Abend noch atemberaubender aussah, als bei unserem ersten Treffen. Sie trug ein sommerliches, violettes Kleid, welches ihre dunkle Haut perfekt hervorhob, und auf ihrem Kopf thronte ein voluminöser Dutt aus dichtem schwarzem Haar. Die Frau schlug ihre Augen in meine Richtung auf und trat mit einem Lächeln an uns heran.

»Guten Abend, die Herren.«

»Doktor Merryweather«, grüßte Bronkowicz geschmeichelt.

»Sie beide habe ich den ganzen Tag noch nicht gesehen«, sagte Merryweather.

»Das könnte daran liegen, dass wir uns ausnahmslos alle Vorträge angesehen haben«, sagte ich.

»Vorbildlich.«

Bronkowicz räusperte sich. »Ihr beide entschuldigt mich kurz.«

Kaum hatte der Bär in dem Tweed-Jackett das gesagt, verschwand er jenseits der Bar im Menschengetümmel und ließ mich mit Dr. Naomi Merryweather allein zurück. Befangen sah ich sie an.

»Sie sind so still, Mister Ford«, stellte sie fest.

»Und Sie sind so interessiert«, erwiderte ich.

»Das glauben Sie nur.«

Ihre vollen Lippen formten ein Lächeln. Sie war ein paar Jahre älter als ich und ich musste aufpassen, dass ich mir an ihr nicht die Finger verbrannte. Peinlich berührt dachte ich an meinen vergeblichen Flirtversuch damals auf dem Atlanta-Space-Port.

»Sie haben Glück, Mister Ford«, sagte Merryweather. »Mister Bronkowicz hält große Stücke auf Sie.«

Ich versuchte, meine Unsicherheit zu verschleiern, indem ich einen Schluck aus meinem Glas nahm. »Sie nicht?«

Ihre Augenbrauen fuhren ihrer Stirn entgegen. »Menschlich nicht, nein. Und was das Fachliche anbelangt, muss ich mich auf offizielle Dokumente verlassen. Dennoch finde ich es gut, dass wir Sie als erfahrenen Kolonieplaner für die Auriga-Mission gewinnen konnten.«

Jemand erschien neben mir. Es war der Schleimbeutel, der den letzten Vortrag gehalten hatte.

»Mister Balcom«, lächelte Merryweather.

Amon Balcom nahm die Hand der Missionskoordinatorin und vollführte eine demütige Verbeugung.

»Ma'am.«

»Mister Balcom«, sagte Merryweather erneut und befreite ihre Hand. »Darf ich Ihnen Viktor Ford vorstellen? Er wird ausführender Kolonieplaner während der Mission sein und ist damit ein wichtiges Bindeglied zwischen Besiedlungsprojekt und Materialmanagement.«

Der Chef von TerraFracto zwang sich zu einem entrückten Lächeln, das in weniger als einer Sekunde in sich zusammenstürzte, und streckte seine Hand in meine Richtung aus. Noch während ich ihm meine reichte, suchte sein Blick schon nach interessanteren Gesprächspartnern.

»Fein«, sagte er. »Dann haben Sie sicherlich auch Berührungspunkte mit der geologischen Abteilung.«

»Mit allen für eine mögliche Besiedlung erforderlichen Bereichen, Sir«, erklärte ich. »Mein Aufgabe besteht darin …«

»Fein«, wiederholte Balcom, ohne mich anzusehen. »Ich freue mich auf die Zusammenarbeit.«

Dann schlug er mir auf die Schulter, als wären wir alte Freunde und zog weiter, gefolgt von einer Schar nach Ruhm lechzender Männer und Frauen. Irritiert drehte ich mich um. Dr. Merryweathers amüsierter Blick traf mich.

»Er mag Sie nicht«, stellte sie fest.

Ich nickte nur und sah dem Schnösel hinterher. An der großzügigen Fensterfront der Bar fand er einen alten Kerl, dem er mit einem Haifischlächeln die Hand schüttelte, ehe er in demütiger Geste mit ihm sprach.

»Was haben Sie heute Abend noch vor?«, hörte ich plötzlich hinter mir. »Wir zwei könnten uns nachher noch auf einen Drink in meinem Zimmer verabreden.«

Ich erschrak. Mir wurde heiß und kalt zugleich. Hatte die Missionskoordinatorin mich das wirklich gerade gefragt? Langsam drehte ich mich um. Überlegen blickte sie mich an. Ich holte tief Luft und wählte meine Worte weise.

5

DIE AHNUNG

3. Januar 2084

Captain Conteh hatte sich entschieden. Die Sirio war auf dem Weg nach Auriga, in dessen Orbit das Dimensionsportal schwebte. Wie er in einer öffentlichen Mitteilung der Besatzung mitgeteilt hatte, wollte er bis auf 100.000 Kilometer an das Portal heran fliegen und versuchen, aus dieser Entfernung Kenntnisse über seinen Zustand zu erlangen.

Es war später Nachmittag, als ich über den vorderen Hauptkorridor in Ebene 1 schritt. Ich kam gerade von einem privaten Treffen mit Piero. Die Ereignisse von vor vier Wochen hatten uns zusammengeschweißt, und obwohl wir grundlegend verschiedene Menschen waren, kamen wir miteinander aus. Ich schätzte seine offene und direkte Art, und von ihm wusste ich, dass er meine Fähigkeiten, Dinge nicht persönlich zu nehmen und zu jedem Problem eine Lösung zu finden, bewunderte.

Während ich über ihn und mich nachdachte, blieb ich

plötzlich stehen. Die Sirio war auf halbem Weg nach Auriga und ich auf halbem Weg unterwegs zu Mira. Grelles Licht drang von der rechten Seite zu mir und als ich mich zu ihm umdrehte, erkannte ich, dass ich unmittelbar vor den gläsernen Wänden der astrophysikalischen Abteilung stand. Kurz zögerte ich, doch dann ging ich zurück bis zum Eingang und trat durch die Schiebetür.

Nur eine Handvoll Forscher war noch hier, der Rest vergnügte sich vermutlich mit Starbucks-Kaffee in den Pausenbereichen oder mit Erbsenpastete in den Kantinen. Die anwesenden Wissenschaftler grüßten nicht, sondern waren wie immer in ihre Tests und Analysen vertieft. Ich bahnte mir meinen Weg bis in die hinterste Ecke, wo ich ein kleines Labor betrat und unvermittelt Dima Ivanovs fragendem Blick ausgesetzt war.

»Du hast dich verlaufen, Ford«, sagte er humorlos.

»Nein«, sagte ich schnell. »Ich dachte, ich schaue nur mal kurz vorbei.«

»Was willst du hier? Jazmine ist tot und für dich gibt es keinen Grund mehr, hierher zu kommen.«

»Das ist unfair«, sagte ich.

»Was?« Ivanovs Augen funkelten. »Dass du mich für einen Idioten hältst?«

Ich spürte, wie aufgeladen die Spannung zwischen uns war und ich hätte mich nicht gewundert, wenn sie sich plötzlich einem Blitz entladen hätte. In beklemmender Stille trat der Astrophysiker schließlich zurück und schlurfte zu seinem chaotischen Schreibtisch, auf dem sich Cola-Becher an Cola-Becher reihte.

»Wie du willst«, murmelte er missmutig. »Aber lass mich mit deinem Kram in Ruhe.«

Unsicher schritt ich zum aufgeräumten Tisch auf der

rechten Seite des kleinen Raums. Ich musste unwillkürlich schlucken, als ich mich daran erinnerte, dass Jazmines Tod schon über sechs Wochen her war. Vorsichtig strich ich mit meinen Fingerspitzen über die glatte Kunststoffoberfläche, doch zu meiner Verwunderung blieb kein einziges Staubkorn daran kleben.

Mein Blick glitt über die mysteriösen Gerätschaften auf dem Tisch, als ich fragte: »Wie wollt ihr eigentlich rausfinden, bei welcher Frequenz eine Verbindung zur Erde zustandekommt?«

Ivanov ließ mich warten, bevor er seine Antwort preisgab. »Wir werden Jazmines Methode anwenden. Sie kam damals auf die Theorie mit den multiplen Dimensionen, als sie bemerkte, dass die Verbindung zu den Scout-Sonden in regelmäßigen Abständen unterbrochen wurde.«

»Du meinst die Sonden, die um das Auriga in unserer Dimension kreisen, oder?«, fragte ich.

»Sofern das von uns ins Auge gefasste Auriga überhaupt in unserer Dimension liegt«, erklärte Ivanov. »Der Exoplanet ist mit 730 Lichtjahren so weit entfernt, dass es unmöglich ist, von der Erde aus Rückschlüsse auf seine genaue Beschaffenheit zu bekommen.«

Ich wandte mich zum raumhohen Fenster zwischen den Arbeitsplätzen, durch welches das All dunkel und schwer hereinstarrte. Auf Ivanovs vier Monitoren waren verschiedene Analysetools geöffnet und der Wissenschaftler tippte während unseres Gesprächs weiter. Ich faltete meine Hände. Sie waren so feucht, dass man damit den Tisch hätte abwischen können.

»Ihr werdet aber nicht die Scout-Sonden anfunken, oder?«, fragte ich unsicher.

Der übergewichtige Astrophysiker drehte sich zu mir um,

als hätte ich gefragt, wer Mr. Spock sei. Er schnappte sich einen vermeintlich leeren Cola-Becher und schob sich den Strohhalm in den Mund.

»Natürlich nicht«, entgegnete Ivanov schnippisch und schlürfte. »Wir versuchen jedoch die Signale einzufangen, die die Scout-Sonden anpeilen. Es wird nicht einfach sein, da sie aufgrund des Wurmlochs verzerrt und schwach hier ankommen werden. Aber ich hoffe, dass wir sie dennoch empfangen können.«

»Was, wenn die Sirio näher an das Wurmloch heranmüsste?«, warf ich ein.

»Daran sollten wir lieber nicht denken«, sagte Ivanov. »Noch ist nicht einmal bewiesen, dass die Aika oder die Borsok mit dem Dimensionsportal ein weiteres Wurmloch geschaffen haben. Und selbst wenn – es besteht immer noch die Gefahr, dass kein Übergang zu unserer Ursprungsdimension offensteht.«

»Wie viele andere Systeme, also Dimensionen, könnten durch das Wurmloch erreicht werden?«, fragte ich.

Dima Ivanov schüttelte den Kopf, schlürfte die letzten Reste aus seinem Becher und stellte ihn zurück zu seiner Sammlung. Seine Stirn wurde zu einem Faltengebirge, welches er mit einer Hand vergeblich zu glätten versuchte.

»Es ist so einfach wie das Beamen in Star Trek«, erklärte er. »Man misst einfach die austretende Strahlung, erstellt ein Emissionsprofil und wartet, bis es sich exakt wiederholt. Dann zählt man die bis zu diesem Punkt gesammelten Profile. Aber ehrlich gesagt, bereitet es mir Angst, wenn ich daran denke, was hinter den verschiedenen Zugängen liegen könnte.«

»Und das als Star-Trek-Fan«, bemerkte ich.

Der Astrophysiker presste seine Lippen zusammen und

lehnte sich gegen den Tisch, seine Stirn immer noch von Sorgenfalten durchzogen. Sein Blick wirkte, als wäre er mit seinen Gedanken in einer weit entfernten Dimension verloren.

»Ich hoffe, der Zugang zur Erde erscheint«, sagte Ivanov. »Und zwar bevor sich ein weiterer Zugang zur Dimension der Borsok auftut.«

6

WAS KOMMEN MAG

Die schmale Tür zu meinem Bad öffnete sich. Ein feuchtwarmer Nebel drang heraus, zusammen mit Miras erhabener von hinten beschienener Silhouette. Mit einem Handtuch rubbelte sie ihre roten Haare ab und sah mich überrascht an.

»Du liegst immer noch im Bett und bist angezogen?«, fragte sie mit einem verschmitzten Lächeln.

Ich war verwirrt und stutzte. »Was hast du vor? Ich dachte, du …«

»Raus aus den Klamotten!«, unterbrach sie mich lachend und kletterte auf das Bett.

Als sie sich auf mich setzte, glitten meine Hände unweigerlich an ihre Taille. Sie ließ das Handtuch fallen und beugte sich so nah über mein Gesicht, dass ihre feuchten Haare meine Haut kitzelten, bevor ihre Lippen wohlig warm auf die meinen trafen. Ich schmeckte ihren Speichel und spürte ihre zarte Haut unter meinen rauen Fingern.

»Glaubst du, wir kommen zurück zur Erde?«, hauchte sie.

»Und du?«, fragte ich.

»Ich glaube schon. Aber solange ich dich habe, ist mir das egal.«

Mira legte sich neben mich und blickte mich verträumt an. Ihre Worte hallten in mir nach und ich überlegte, ob ich bereit für eine solche Beziehung war. Die Gedanken an eine gemeinsame Zukunft mit Mira wurden von den dunklen Aussichten auf die geplante Rückkehr zur Erde überlagert. Mira schien es sofort zu merken.

»Erzähl«, forderte sie und zog sich die Decke bis zu den Schultern.

»Es wird wohl alles darauf hinauslaufen, dass wir den Ring mit einem Zeitzünder zerstören, damit das Wurmloch sich schließt, sobald wir zurück sind«, sagte ich und fuhr mit meiner Hand durch ihr nasses Haar. »Ich finde es fast schon absurd, die bahnbrechendste Entdeckung der Menschheit zu zerstören.«

»Das ist wohl notwendig«, sagte Mira. »Die Menschheit könnte sich sonst schneller einem negativen Erstkontaktszenario gegenübersehen, als ihr lieb ist. Wäre das der Fall, käme es zu einem asymmetrischen Kulturkontakt. Die Borsok sind den Menschen immerhin weit überlegen.«

»Das klingt sehr pessimistisch«, entgegnete ich.

Sie hob ihre hellen Augenbrauen. »Nun ja, aus den letzten 2000 Jahren der Menschheitsgeschichte kann man den Schluss ziehen, dass 95 Prozent der Erstkontakte schrecklich ausgehen.«

»Aber die Borsok sind keine Menschen«, gab ich zu bedenken. »Hoffen wir, dass es nicht so weit kommt und dass die Astros herausfinden, ob es einen Übergang zur Erde gibt.

Aber wenn es so ist, wie wir befürchten, nämlich dass der Ring in der Hand der Borsok ist, habe ich keinen blassen Schimmer, wie wir an denen vorbeikommen sollen, ohne sie in unsere Dimension zu locken. Ich meine, vielleicht haben wir Glück und sie wollen uns gar nicht folgen.«

Mira lächelte sanft und ihre Haare fielen schwer vor ihr Gesicht. »Ein frommer Wunsch, Viktor. Apropos, hast du schon deine Mails gecheckt?«

Ich wartete mit meiner Antwort wohl zu lange und Mira konnte nur die Augen schließen und gütig nicken.

»Typisch«, sagte sie. »Conteh hat vor einer Stunde eine Nachricht geschickt. Ein Team wird sich mit einem Explorer-Shuttle dem Ring und dem Wurmloch auf 10.000 Kilometer nähern, da die Sirio aus dieser Entfernung keine stichhaltigen Ergebnisse einfangen kann.«

»Wow«, war meine erstaunte Reaktion.

»Nicht wahr? Aber das ist noch nicht alles«, fuhr Mira fort und sah mir intensiv in die Augen. »Die Brücke hat einen Funkspruch empfangen. Die Xenolinguisten vermuten, dass er von den Aika stammt.«

Ich war vollkommen perplex. Warum hatte ich nicht davon gehört? Sicher, mittlerweile wusste vermutlich jeder an Bord dieses Schiffs, dass ich meine Mails so gut wie nie abrief und dass ich noch weniger auf welche antwortete. Bronkowicz störte sich daran kein Bisschen und telefonierte einfach, wenn er etwas von mir wollte. Doch eine so absolut unglaubliche Nachricht über einen angeblichen Funkspruch der Aika war nicht einmal telefonisch zu mir durchgedrungen.

»Wie? Warum?«, waren deshalb die einzigen Worte, die ich in meiner Verwunderung zustande brachte.

»Ich schätze, das werden wir morgen erfahren. Der Captain hat uns um 7 Uhr zum Briefing geladen.«

Ich musste Mira fassungslos anstarren, denn ihr Gesicht nahm einen amüsierten Ausdruck an. Behutsam legte sie ihre Hand auf meine Wange und kam dicht an mich heran.

»Wir sollten uns ausruhen«, säuselte sie. »So wie es aussieht wird morgen ein anstrengender Tag.«

Sie küsste mich.

»Hast du keine Angst?« fragte ich.

Mira rutschte so dicht an mich heran, dass ich ihren Körper an meinem spürte. Sie stützte sich auf ihren Ellenbogen und nahm meinen Kopf in beide Hände.

Nur eine flache Hand passte zwischen unsere Münder und Mira flüsterte: »Wir sind gefangen in einer fremden Dimension. Ich habe Angst. Um dich, um mich. Aber in diesem Augenblick sind wir hier.«

Unter dem Wummern meines Herzschlags drückte sie ihre Lippen erneut auf meine. Mit meiner freien Hand löschte ich das Licht und gab mich Miras Küssen hin. Die Zukunft mochte ungewiss sein, doch in diesem Moment war ich eins mit der Frau, die ich liebte, und bereit für das, was kommen mochte.

7

DIE ÜBERTRAGUNG

Ich war überrascht, als ich am 4. Januar zusammen mit Mira auf die Brücke kam. Nicht der Ort der Besprechung war Auslöser meiner Verwunderung, sondern die Anwesenden. Dass außer dem Captain auch die Sicherheitschefin Kate Harris dem Briefing beiwohnte, war fast schon obligatorisch, doch jemanden wie Dima Ivanov hatte ich nun wirklich nicht erwartet. Der skeptische Blick des Wissenschaftlers, als ich durch das gläserne Portal in die Steuerzentrale der Sirio trat, verdeutlichte mir, dass diese Irritation auf Gegenseitigkeit beruhte. Und auch mit dem Piloten Alhaadi Adan hatte ich nicht unbedingt gerechnet.

»Verzeihen Sie, dass ich dieses Treffen so kurzfristig anberaumt habe, aber es war notwendig. Wir fangen also direkt an«, erklärte Captain Conteh.

Der Captain stand in seiner Kanzel, einem kleinen Pult, das von einem elegant geschwungenen Geländer aus Chromstahl begrenzt war, welches des Captains Körpergewicht im Ernstfall wohl nicht standhalten würde. Die Müdigkeit stand ihm ins Gesicht geschrieben, seine kleinen Augen und sein missmutiger Mund verrieten es.

Ich dachte daran, wie gut es war, dass Mira mich geweckt hatte. Eine weitere Blamage hätte ich wohl nicht überlebt, vor allem nicht vor dem Captain. Mit einer ausladenden Geste seiner mächtigen Hand ließ Conteh ein beeindruckend großes Hologramm vor uns entstehen.

»Wie ich bereits geschrieben habe, erhielten wir gestern eine Funknachricht, die wir als Nachricht der Aika deuten. Miss Cartier wird Ihnen die Einzelheiten erläutern.«

Neben dem Hologramm entdeckte ich Sally. Sie sah aus, als fühlte sie sich nicht wohl, jetzt da alle Blicke auf ihr ruhten. Die Funkerin holte sichtbar Luft und zwang sich, nicht auf den Boden zu starren. Ihre langen dunklen Locken hatte sie zum Zopf gebunden und sie hatte Glück, dass ihre Haut so dunkel war, andernfalls hätte man wohl ihre vermutlich vor Aufregung roten Wangen gesehen.

»Gleich vorweg«, sagte sie. »Ich beantworte erst alle Fragen, wenn ich fertig bin.«

Ich beobachtete die anderen. Kate Harris hatte ein Gesicht, während Mira gegen ihre Müdigkeit ankämpfte, und der dürre Pilot Alhaadi schon jetzt vollkommen abgespannt aussah, als ahnte er, worauf die ganze Sache hinauslief.

»Wir haben die Nachricht gestern Abend gegen 18 Uhr aufgefangen«, begann Sally. »Zuerst dachten wir, es wäre eine Interferenz oder das Echo einer alten Nachricht. Da sie jedoch über keinerlei Funkmarker verfügte, haben wir versucht, den Ursprung der Nachricht ausfindig zu machen, und stießen dabei auf eine Region in der nördlichen Hemisphäre Aurigas.«

»Die Nachricht muss ein Echo sein!«, unterbrach Alhaadi.

»Gleich, Mister Adan!«, wies Sally den Piloten zurecht. »Die Nachricht erreichte uns auf Langwelle, und von den Aika wissen wir mittlerweile, dass sie Radiowellen nutzen. Am überraschendsten ist für uns die Art der Formulierung der Nachricht. Ich spiele sie jetzt ab.«

Sally trat vor das Hologramm und zog mit ihrer flachen Hand das Fenster einer Software zu sich. Ich staunte, denn es war ein gewöhnlicher Media-Player. Dann tippte sie auf die holografische Abspieltaste.

Ein Rauschen mit Klangfarbe von White Noise erfüllte die Brücke. Gebannt sah ich auf den Fortschrittsbalken der Übertragung. Bruchstückhaft drangen unverständliche Laute aus dem Rauschen, die wie eine Stimme klangen. Dann, plötzlich, ertönte die Stimme unseres Bordsystems, und ich verstand jedes Wort.

»... Mensch ... Kommen Planet ... Wissen dir ...«

»Oh mein Gott«, entwich es Mira. »Das ist echt!«

»Das ist unglaublich«, hörte ich Alhaadi murmeln.

Ich unterdrückte den Drang, mich lautstark zu äußern, um jedes Wort der geheimnisvollen Botschaft aufzusaugen.

»... Kommen uns ... Mensch ... Fliegen fort ... Danke ...«

Sally verschränkte die Arme vor der Brust und verlagerte ihr Gewicht auf ihr linkes Bein. »Wir nehmen an, dass die Aika unseren Funk abgehört haben und mittels einer Art künstlicher Intelligenz ihre Nachricht an uns übersetzt haben.«

»Abgefahren«, staunte Alhaadi. »Und was hat das jetzt zu bedeuten?«

»Sie suchen den Kontakt«, erklärte der Captain von seinem Podest herab.

›*Nach Hause telefonieren*‹, schoss es mir unweigerlich durch den Kopf. Doch nachdem der Captain das gesagt hatte, manifestierte sich eine beunruhigende Vermutung in mir. Und der Schrecken dieser dominierte meinen Verstand mehr, als die Faszination über die Art des Kontakts, welchen die Außerirdischen gewählt hatten. Ich blickte mich um und erschrak plötzlich.

»Captain, Sie planen doch nicht etwa eine weitere Mission nach Auriga«, sprach ich meine Befürchtung aus.

»Doch, Mister Ford«, bestätigte Conteh. »Wenn sich die Aika die Mühe machen, uns zu kontaktieren, dann sind sie vermutlich an einem ernsthaften Treffen interessiert.«

»Oh nein!«, wehrte Alhaadi plötzlich ab. »Ich werde nicht noch einmal auf diesem Planeten landen. Viel zu gefährlich.«

»Sie sind unser bester Pilot, Mister Adan«, entgegnete der Captain.

»Und ich habe berechtigtes Interesse daran, dass das auch so bleibt«, jammerte der junge Kenianer.

Ich konnte Alhaadis Ansicht gut nachvollziehen. Zwar stimmte die Aussage des Captains - Alhaadi hatte die meisten Landungen auf Auriga absolviert, und bisher war keine einzige Bruchlandung darunter – dennoch wollte auch ich kein weiteres Mal auf den gefährlichen Planeten hinab.

Sally hob die Hand, um die Aufmerksamkeit auf sich zu lenken. »Wir konnten den Funkspruch bis auf wenige Kilometer genau lokalisieren. Er wurde aus einer Region gesendet, in der eine der fünf Aika-Siedlungen liegt.«

»Das ist ja alles ganz schön, Sally«, sagte ich und versuchte meine Stimme ruhig zu halten. »Aber ich denke, jeder von uns war schon mindestens einmal auf der Oberfläche Aurigas und weiß, dass es dort unten nicht gerade gemütlich ist. Captain, Sie selbst wissen, dass eine schlechte

Vorbereitung ein hochgradiges Risiko für alle Beteiligten darstellt.«

Contehs Blick verfinsterte sich. »Mister Ford, ich verbitte mir eine solch unterschwellige Kritik.«

Es war plötzlich so still auf der Brücke, als hätte der Captain die anderen mit seinen vor Wut blitzenden Augen versteinert. Ich versuchte dem Blick des wuchtigen Mannes auf dem Podest standzuhalten. Er stützte sich mit beiden Händen auf das spindeldürre Geländer, und der Kragen seiner blauen Kapitänsuniform drückte sich in seinen breiten Nacken. Es stand völlig außer Frage, dass Captain Conteh die Autorität besaß, die ein Raumschiffkommandant brauchte. Nicht nur, weil er für über 400 Menschenleben verantwortlich war.

»Bei allem Respekt, Sir«, sagte ich deshalb. »Bei dieser Mission sind bereits zu viele Menschen ums Leben gekommen.«

Der Captain seufzte: »Ich würde eine andere Strategie wählen, wenn ich die Wahl hätte, Mister Ford. Aber wir irren seit zwei Monaten um diesen Planeten und verstecken uns vor außerirdischen Lebensformen. Alles, was ich möchte, ist zurück zur Erde zu fliegen. Und zwar mit so vielen Überlebenden wie möglich. Die Aika haben uns schon einmal geholfen.«

»Aber genauso oft haben sie und den Arsch aufgerissen«, bemerkte ich.

Ich konnte sehen, dass der Captain seine Pranken an das Geländer presste. Zähneknirschend erhob er sich, und ich stellte mir plötzlich vor, wie realistisch eine Anhörung aus disziplinarischen Gründen wohl wäre. Ein nervöses Schaben fing meine Aufmerksamkeit ein, und ich sah nach rechts. Neben Mira stand der Pilot Alhaadi, und er sah aus, als wollte er jede Sekunde von der Brücke flüchten. Er inspizierte jeden Winkel des Raums, sein Blick haftete bruchstückhaft auf jedem der Anwesenden, während er von einem auf das andere Bein wippte und auf seiner Unterlippe herumkaute.

»Wann soll es losgehen, Sir?«, fragte er.

Contehs finsterer Blick lastete weiterhin auf mir, als er sagte: »Sofort.«

Noch einmal blickte ich mich um, wusste ich, dass dies möglicherweise mein Abschied von der Sirio war. Der Techniker am Kontrollpult, der gelangweilt sein Kaugummi zerkaute, verabschiedete mich mit einem kaum hörbaren »Alles klar, guten Flug.«

Ich machte Platz für Alhaadi, der sich mühevoll an einer Stange festklammerte, um nicht davonzutreiben. Obwohl es kurz vor 8 Uhr war, herrschte im Hangar bereits reges Treiben.

Jedes Mal, wenn ich mich im schwerelosen Inneren des Sirio-Hangars befand, war ich beeindruckt von der Größe dieser Halle, die annähernd die Ausmaße eines Fußballfeldes besaß. In geordneten Reihen standen insgesamt 6 Explorer-Shuttles und 8 Speeder-Shuttles nebeneinander. Dass sie perfekt nach Schiffstyp sortiert waren, lag allerdings nicht an den Technikern, sondern an den fest zugewiesenen Landeplattformen, welche den Schiffen auch als Aufzug hinaus ins All dienten.

Sanft stieß ich mich vom Boden ab und schwebte zu Explorer 1, wo sich gut zwei Dutzend Personen aufhielten. Die schmutzig weiße Hülle des 20 Meter langen, stromlinienförmigen Shuttles wies bereits einige Schrammen auf, doch es war das Schiff, welches die meisten Flüge zur Planetenoberfläche absolviert hatte. Durch die beleuchteten Fenster konnte ich zahlreiche Bewegungen im Inneren erkennen.

Dima Ivanov schwebte vor mir durch die Einstiegsluke, und sobald ich drinnen war, verschwanden die hallenden Geräusche des Hangars. Der Duft von Kaffee und übermäßigem Deodorant verdrängte den Geruch von Maschinenöl und abgenutztem Metall. Die meisten anwesenden Personen gehörten dem Sicherheitsdienst an, doch auch der kahlköpfige Xenolinguist Dr. Esposito war bereits auf der Suche nach einem Sitzplatz. Wie Ivanov und ich trug auch er einen der grässlichen orangenen Overalls, deren Polyesternähte überall zwickten, und die mich erschreckenderweise an meinen zu engen Anzug erinnerten.

Direkt vor mir verstaute Kate Harris zusammen mit einem blassen rothaarigen Kollegen eine dunkle Stahlkiste zwischen den Transportnetzen in der Frachtbucht. Die Männer und Frauen des Sicherheitsdienstes trugen ihre gewohnten dunkelgrauen Overalls und Alhaadi einen schnittigen olivfarbenen Pilotenanzug.

»Ganz ruhig, Welsh«, wies Harris ihren Kollegen streng zurecht. »Schwerelos bedeutet nicht, dass die Munition weniger schlagempfindlich ist.«

Der Wachmann nickte ernst, und behutsam, als würde er eine Bombe entschärfen, platzierte er die Kiste zwischen den Netzen.

Im hinteren Teil der drei Sitzreihen schwebte Dima Ivanov und wirkte verloren, während er sein Notebook fest umklammerte. Unter den anwesenden Leuten, die genau wussten, was zu tun war, schien er wie ein unerfahrener

Praktikant an seinem ersten Arbeitstag. Im Cockpit sah ich den Wachmann Piero, wie er einige Tasten über seinem Kopf bediente.

»Sag bloß, du darfst fliegen«, neckte ich ihn.

Er ließ die Tastenoberfläche mit einem schelmischen Blick los und zwinkerte mir zu.

»Im Gegensatz zu dir habe ich so eine Kiste sicher zu Boden gebracht«, entgegnete er. »Heute bin ich aber nur Copilot.«

Fünf Minuten später war das Team komplett, und die Tür des Shuttles wurde geschlossen. Alhaadi hatte sich offenbar mit seinem Schicksal angefreundet, denn er saß gefasst im Pilotensitz und führte routiniert die Startprozedur aus. Seine Fähigkeit, zwischen Professionalität und blanker Panik zu wechseln, beruhigte mich wenig. Doch wenn er der beste verfügbare Pilot für diesen Auftrag war, hatten wir keine andere Wahl.

»Also gut, Leute«, sagte Kate Harris und schlang ihre Arme durch die Gurtschlaufen. »Auf dieser Mission habe ich das Kommando. Unsere Reiseroute führt uns so nah wie möglich an den Ring heran, damit unser Genie aus der astrophysikalischen Abteilung seine Messungen durchführen kann.«

Dima Ivanov hing im schmalen Gang zwischen den Sitzreihen und hielt sein Notebook noch immer fest umklammert.

»Bitte, Dr. Ivanov«, sprach Kate Harris, »wir sind weder in New York noch in einer überfüllten U-Bahn. Nehmen Sie Platz. Währenddessen können Sie uns gerne einige Einzelheiten erläutern.«

Nervös entwich dem Wissenschaftler Luft durch seine zusammengepressten Lippen und er ließ sich neben Major

Harris auf den freien Platz sinken. Ungeschickt wuchtete er seinen Computer hin und her, als würde er ihn vor einem Sturz bewahren wollen. Ich saß in der letzten Reihe schräg hinter ihm und beobachtete, wie er mehrfach zum Sprechen ansetzte, bevor ich seine leise Stimme über dem ansteigenden Motorenlärm vernahm.

»Das Dimensionsportal liegt etwa 10.000 Kilometer über der südlichen Hemisphäre Aurigas«, erklärte Ivanov. »Die bereits durchgeführten Masse-Messungen deuten stark darauf hin, dass das Portal aktiv ist und ein Wurmloch existiert.«

»Und warum zum Teufel müssen wir dann trotzdem dorthin?«, murrte Piero aus der vordersten Reihe.

»Weil wir Wissenschaftler sind, keine Hellseher, Sergeant«, erwiderte Ivanov unerwartet schlagfertig. »Würden wir die Forschungssonde von der Sirio aus starten, würde es länger dauern, ehe wir Ergebnisse hätten. Sobald wir alle relevanten Daten über den Status des Portals gesammelt haben, fliegen wir zur Aika-Siedlung. Interessanterweise befindet sie sich auf der Seite Aurigas, welche dem Portal abgewandt ist. Dort wird dann Doktor Esposito das Ruder übernehmen.«

Ein gedämpftes Brummen erklang, und durch das Fenster zu meiner Rechten erkannte ich, wie der Shuttle-Lift uns in die Tiefe beförderte. Links saß Mira, und als unsere Blicke sich trafen, suchte ihre Hand nach der meinen. Niemand aus dem 16-köpfigen Team sagte ein Wort, auch dann nicht, als der Shuttle-Lift stoppte. Wir waren draußen und umgeben von der beispiellosen Finsternis des unendlichen Universums. Der Schub drückte mich sanft in den Sitz, und obwohl ich noch versuchte, einen letzten Blick auf den Habitatring zu erhaschen, gelang es mir nicht. Stattdessen sah ich vor uns bereits Auriga, den mysteriösen Dschungelplaneten.

Erneut schüttelte ich meinen Kopf über die Tatsache, dass wir uns in einer parallelen Dimension befanden. Ich mochte gewiss kein unwissender Kerl sein, aber die Vorstellung, dass alles um mich herum mehrfach nebeneinander existieren sollte, war einfach unvorstellbar, sowohl räumlich als auch konzeptionell.

Bevor wir mit der Sirio ins Auriga-System gelangt waren, hatten wir geglaubt, wir würden einen kargen und lebensfeindlichen Wüstenplaneten vorfinden. Wir erwarteten tote, übersalzte Ozeane und staubige, marsähnliche Wüsten zu erforschen. Doch das vor drei Jahrzehnten spontan in Erdnähe geöffnete Wurmloch stellte sich als weit mehr heraus als nur eine Abkürzung zu einem erdähnlichen Exoplaneten. Wir ignorierten die eindeutigen Zeichen, dass das Wurmloch zu mehr als einem Ort führte, und erklärten die periodischen Funkausfälle der zuvor entsandten Forschungssonden als kosmische Launen.

Doch kaum hatten wir den Übergang gewagt und damit das getan, was für viele Wissenschaftler einem feuchten Traum gleichkam, rieben wir uns die Augen, denn plötzlich sahen wir nicht einen kargen Sandplaneten vor uns, sondern einen Planeten, der vor pflanzlichem und tierischem Leben nur so strotzte.

8

ABWEICHUNGEN

Die folgenden Stunden waren geprägt von der Monotonie des Raumflugs, obwohl bei dieser Mission rein gar nichts alltäglich war. Alhaadi hielt regelmäßig Rücksprache mit der Sirio, während der Planet vor dem Shuttle allmählich beeindruckende Ausmaße annahm. Ich konnte nun deutlich die unzähligen tropischen Inseln inmitten der Flachmeere erkennen.

»Okay«, hörte ich Alhaadi sagen. »Ich verlangsame jetzt unsere Geschwindigkeit. Der Abstand zum Dimensionsportal beträgt exakt 10.700 Kilometer.«

Ich reckte mich, um durch die gewölbte Frontscheibe des Shuttles alles sehen zu können, als Alhaadi auf einmal meldete:

»Ich sehe es auf den Kameras. Wir sind zwar noch etwas vor dem anvisierten Abstand, aber es reicht offenbar bereits aus. Ich lasse jetzt die Drohne raus.«

Am Heck des Shuttles vernahm ich ein dumpfes Geräusch, das ebenso gut vom ausfahrenden Landegestell hätte stammen können. Doch es kam aus einem nicht unter Druck stehenden Frachtraum, aus dem sich in diesem Augenblick eine unbemannte Sonde auf den Weg machte.

»Dann legen Sie mal los, Doktor Ivanov«, ermunterte Kate Harris den Wissenschaftler neben sich.

Eine leichte Unruhe ergriff die Mannschaft. Jeder wollte das Dimensionsportal und die Drohne sehen. Doch während es durchaus realistisch war, dass sie das kleine, unbemannte Flugobjekt vor die Nase bekamen, vergaßen sie, dass der 5 Kilometer große Ring noch 10.000 Kilometer entfernt war. Ivanov klappte sein Notebook auf und hämmerte auf die Tasten, als ginge es darum, einen Geschwindigkeitsrekord zu brechen.

»Ich habe es.« Nach dieser knappen Aussage herrschte eine geschlagene Minute Stille, ehe er hinzufügte: »Die Verbindung zur Drohne steht, und sie liefert die ersten Daten. Die Masse, die wir bereits an Bord der Sirio gemessen haben, stammt definitiv vom Portal. Es ist aktiv, und es gibt ein Wurmloch.«

»Alhaadi, können die Kameras des Shuttles das Wurmloch anzeigen?«, fragte ich.

Der Pilot schwieg. Stattdessen fuhr über ihm ein Monitor aus der Decke und zeigte ein verpixeltes Bild, auf dem etwas zu erkennen war, das grobe Ähnlichkeit mit einem Ring hatte. Das Wurmloch selbst blieb jedoch im Bildrauschen verborgen.

»Was sind das für Strukturen um den Ring herum?«

»Eine gute Frage, Ford.«

»Ist schließlich mein Job«, erwiderte ich.

»Einen Moment noch«, rief Alhaadi. »Der Computer rechnet die Auflösung gerade hoch.«

Die Sekunden verstrichen, und das Bild vor mir wurde

immer deutlicher. Schließlich war klar zu erkennen, dass es das Ringportal war, und wenn man genau hinsah, konnte man hunderte Kilometer dahinter eine strudelartige Struktur erkennen.

»Das ist es«, sagte ich beeindruckt. »Das ist das Wurmloch.«

»Definitiv«, bestätigte Ivanov. »Ich analysiere jetzt sämtliche künstliche Signale und erstelle daraus die Emissionsprofile.«

»Wann werden wir wissen, ob ein Durchgang zur Erde existiert?«, fragte Mira.

»Das kann eine Weile dauern«, erklärte Ivanov. »Zuerst sammeln wir nur Daten. Mit der Rechenleistung meines Computers würden wir in drei Wochen noch nichts Genaues wissen, weshalb ich die Daten zur Sirio schicke und Jergovic darum bitte, sie auszuwerten. Die Daten müssen aber über meinen Rechner laufen, damit wir sie adäquat auswerten können. Nur, falls jemand fragt, ob wir nicht einfach die Sonde hätten losschicken müssen.«

»Hab' dich schon verstanden, Laborratte«, knurrte Piero aus der ersten Reihe.

Während ich dem Astrophysiker lauschte, sah ich auf dem Monitor etwas, das meine Hoffnungen im Nu zerschlug. »Die Borsok haben die Kontrolle über den Ring.«

»Ich sehe sie auch, Viktor«, bestätigte Mira. »Etwa zehn dieser Kreuzer sind es. So wie es aussieht, liegen sie direkt am Dimensionsportal.«

»Großartig!«, jammerte Alhaadi. »Das heißt, selbst wenn es einen Durchgang zur Erde gäbe, könnten wir wohl kaum an ihnen vorbeifliegen, ohne dass sie uns bemerken.«

»Bleiben Sie ruhig, Mann«, sagte Kate Harris. »Die Schiffe sind ein eindeutiges Indiz dafür, dass das Wurmloch einen Zugang zur Ursprungsdimension der Borsok erschaffen hat. Andernfalls hätten wir schon lange vorher ihre starke Präsenz bemerkt. Doktor Ivanov, wann werden wir aussagekräftige Daten haben?«

»Wir werden so lange messen, bis sich ein Emissionsprofil wiederholt. Das kann einige Stunden dauern, aber auch einige Tage.«

»Dann folgen wir besser unserem Plan und suchen die Aika auf«, sagte Kate Harris. »Mir gefällt das mit den Schiffen nicht. Wir müssen vorsichtig sein.«

Ich dachte laut nach: »Ist es möglich, dass sie uns nicht um einen weiteren Kontakt gebeten haben, sondern um Hilfe?«

Niemand antwortete, als Alhaadi das Shuttle abdrehte, unserem nächsten Ziel entgegen.

Wir flogen in etwa 500 Kilometern Höhe über der Oberfläche des Planeten. Alhaadi leitete einen großzügigen Sinkflug ein, indem er gegen die Rotation in die Atmosphäre eintauchte. Nach etwa 5 Minuten verließ Explorer 1 die Thermosphäre des Exoplaneten, und allmählich wich das Schwarz des Alls dem silberblauen Himmel Aurigas. Ein sanftes Schütteln kündigte die zunehmende Schwerkraft an, und ich spürte, wie meine Hände und Füße wieder agiler wurden. Vor der Frontscheibe sah ich allerdings eine beunruhigende schwarze Wand.

»Unsere aktuelle Höhe beträgt 13 Kilometer«, meldete Alhaadi. »Abstand zur Siedlung: 120 Kilometer. Ich hoffe, es sind noch alle angeschnallt. Wir fliegen gleich durch ein paar Turbulenzen.«

»Was ist mit der Siedlung?«, fragte ich. »Können die Kameras bereits ein Bild liefern?«

»Negativ«, verkündete der Pilot. »Unmittelbar vor uns liegt eine massive Unwetterfront. Solange wir uns darin befinden, werden wir keinen Sichtkontakt zur Siedlung haben.«

Alhaadi äußerte das ohne einen Anflug von Panik, und ich fragte mich langsam, wie dieser Typ tickte.

Die Schlechtwetterfront erfasste uns erschreckend schnell. Jenseits der Fenster verschwand das schillernde Himmelblau in einem dunklen, grauen Nebel, und nur die Beleuchtung im Schiff verhinderte, dass wir im Dunkeln saßen. Explorer 1 schüttelte sich so heftig, dass die Erinnerungen an meinen Absturz auf Auriga vor zwei Monaten wieder wach wurden. Ich biss die Zähne zusammen, presste meine schweißnassen Hände aneinander. Ein flüchtiger Blick zu Mira verriet, dass auch sie Angst hatte.

»Wow, Junge! Das nenne ich einen Tropensturm!«, rief Alhaadi aufgeregt. »Atmosphärentriebwerke sind aktiv, Flügel sind ausgefahren. Ich schätze, in ein paar Minuten sind wir aus dem Mistwetter raus.«

Wir sanken in ein Luftloch und trieben wer weiß wie viele Meter in die Tiefe. Ich schloss meine Augen, spürte den unerträglichen Druck auf meinen Ohren und betete, dass Alhaadi die Nerven behielt.

Mit einem Mal war es vorbei. Genauso schnell, wie das Rütteln des Shuttles abebbte, klarte der Himmel wieder auf, und keine Minute später erinnerte draußen nichts an die unbändigen Naturgewalten, die wir soeben durchflogen hatten.

»Ich hoffe, ihr habt euer Frühstück bei euch behalten«, scherzte Alhaadi.

Major Harris erwiderte: »Wenn Sie fertig sind mit Ihren Witzchen, geben Sie uns bitte stichhaltige Daten, mit denen wir etwas anfangen können.«

»Ich sehe schon, ich habe nur Spaßgranaten an Bord«, sagte der Pilot. »Wir sind 55 Kilometer von der Kolonie entfernt.«

»Kannst du jetzt ein Foto machen?«, fragte ich.

»Nicht nötig«, sagte Alhaadi und beugte sich zur Mittelkonsole vor. »Aus dieser Entfernung müssten wir die Kolonie längst sehen. Dort, in diese Richtung.«

Zwischen den Lehnen hindurch konnte ich sehen, dass der Pilot durch die Frontscheibe auf eine Stelle am Horizont deutete. Ich reckte meinen Hals, bekam aber nur die dunstverhangene Linie zwischen Urwald und Himmel zu sehen.

»Was zum Henker ist das?«, fluchte Piero plötzlich.

»Wahren Sie Ihre Fassung, Sergeant«, forderte Kate Harris.

»Ma'am, das ...«, stammelte der Wachmann.

»Ich bringe es auf den Schirm«, rief Alhaadi.

Nur eine Sekunde später überrollte mich eine beispiellose Kälte, denn das, was auf dem Monitor erschien, übertraf meine Sorgen aufgrund Pieros entsetztem Ausruf bei weitem.

»Das sind Schiffe der Borsok!«, entwich es mir. »Sie sind in der Kolonie.«

»Überrascht mich nicht«, hörte ich Mira. »Das war ja quasi mit Ankündigung.«

»Ich hoffe, Sie haben einen Plan B, Major«, sagte ich.

»Das hoffe ich auch!« Es war so weit, Alhaadis Stimme zitterte vor Panik. »Zwei der Kreuzer richten sich gerade in unsere Richtung aus.«

»Wir brechen ab, sofort!«, befahl Harris.

»Zu spät!«, schrie Piero. »Da sind mindestens fünf Angriffsjäger im Anmarsch!«

Alhaadi drehte ab, und durch das Fenster konnte ich die Schiffe mit meinen eigenen Augen sehen. Zwei mächtige Borsok-Kreuzer schwebten über dem endlosen Urwald. Sie waren noch etliche Kilometer entfernt, doch ihnen voraus eilten kleinere Schiffe - die wendigen Jäger der humanoiden Außerirdischen. Mira suchte meine Hand. Ich hielt sie fest, wusste aber genau, dass wir uns keinen Illusionen hingeben brauchten. Im besten Fall würde es schnell vorbei sein.

Doch Alhaadi verkündete: »Achtung, Leute. Es wird gleich ruppig. Ich versuche, sie abzuhängen.«

»Red keinen Quatsch, Mann!«, rief ich nach vorn. »Du kannst sie nicht abhängen.«

»Abwarten. Wir sind hier nicht in der Schwerelosigkeit. Da habe ich noch ein paar Tricks auf Lager!«

Unerwartet direkt presste der Pilot die Nase des Shuttles dem Boden des Planeten entgegen. Ich konnte nicht hinsehen und blickte stattdessen zu Mira. Im Fenster hinter ihr sah ich den Horizont um 90 Grad geneigt. Gleichzeitig spürte ich die Beschleunigung, mit der wir uns der Oberfläche näherten im Magen.

»Sirio, bitte kommen!«, schrie Piero in das Mikrofon an der Mittelkonsole. »Sirio, verdammt! Wir stecken in Schwierigkeiten! Hört ihr mich?«

Alhaadi zog die Nase nach oben, und ich bekam das Gefühl, dass mein Magen sich umstülpte. Ich schluckte die aufsteigende Magensäure hinunter, ließ Miras Hand los und presste angestrengt die Luft aus meinen Lungen.

Ich sah aus dem Fenster und stellte erschreckt fest, dass wir nur wenige Meter über die Baumkronen hinweg jagten. Und noch etwas sah ich.

»Die haben das Feuer eröffnet!«, schrie ich.

Giftig rote Laser schossen dicht am Shuttle vorbei und verschwanden in den Bäumen. Einer der Jäger erschien vor meinem Fenster. Das spinnengleiche Schiff schwebte nur eine Sekunde neben dem Shuttle, ehe es so schnell verschwand, wie es erschienen war. Es war nur noch eine Frage der Zeit, bis die Borsok uns vom Himmel holen würden.

»Kannst du noch tiefer gehen?«, fragte ich. »Unter die Bäume?«

Der Pilot brüllte: »Bist du wahnsinnig?«

»Tu es, oder wir sind Hackfleisch!«

»Das werden Sie nicht tun, Mister Adan!«, forderte Major Harris. »Fliegen Sie in engen Kurven!«

»Wir müssen sie abhängen, Ma'am!«, argumentierte ich.

»Das tun wir nicht, indem wir am Boden zerschellen!«, schrie Harris aufgebracht.

»Okay, ich tue es!«, verkündete Alhaadi mit bebender Stimme.

»Was tust du?«, fragte ich.

»Ich gehe runter!«

»Himmel nein!«, schrie Harris. »Das ist ...«

Weiter kam sie nicht, denn der Pilot zog das Schiff zuerst ein Stück in den Himmel und verringerte in einem steilen Winkel augenblicklich die Höhe. Ich glaubte, Alhaadi hätte den Verstand verloren, weil er meinen verzweifelten Plan befolgte. Doch ich musste einsehen, dass er genau wusste, was er tat. Wir zerschellten nicht an den Bäumen. Der Pilot hatte eine Stelle im dichten Blätterdach gefunden, die breit genug war.

Wir sanken hindurch, und vor der Frontscheibe erschien ein Fluss. Sein steiniger Lauf verlief weitestgehend unter den mächtigen Baumkronen, und der Luftraum darunter war so groß, dass unser Shuttle dazwischen passte. Und obwohl Alhaadi in einigen Situationen ziemlich nervös sein konnte, so hatte er in diesem Augenblick tatsächlich die Nerven, und flog mit dem Explorer-Shuttle unterhalb der Baumkronen. Eines musste man ihm lassen, er wusste zu überraschen.

»Sie sind irre, Mister Adan!«, rief Kate Harris.

»Tut mir wirklich furchtbar leid, Major, aber es geht nicht anders. Hoffen wir, der Fluss bleibt so breit und die Bäume so hoch. Alles unter 20 Meter wird gefährlich!«

Nur wenige Meter über dem steinigen Flusslauf folgte der Pilot in langsamer Geschwindigkeit den Schlingen. Ich drückte mein Gesicht gegen die Scheibe, doch über uns entdeckte ich lediglich einen schmalen gleißenden Himmelsspalt. Lianen und Zweige schlugen gegen die Cockpitscheibe, mit beunruhigendem Donnern auch dickere Äste.

»Kannst du sehen, ob sie uns folgen?«, fragte ich.

»Negativ«, antwortete mir Piero. »Durch den ganzen Wind, den wir fabrizieren, gibt das System keine zuverlässigen Daten.«

Wir erreichten eine enge Biegung, die um einen riesigen, mit Bäumen bewachsenen Felsen herumführte. Alhaadi verringerte die Geschwindigkeit noch weiter und neigte das Schiff steil nach Steuerbord.

»Verdammt, das sind über 50 Grad!«, rief Harris mit panischer Stimme.

»Ich weiß!«, gab der Pilot zurück.

Wassertropfen peitschten wild auf die Cockpitscheibe, als Alhaadi den Explorer geschickt um die gefährliche Flussschlinge herum manövrierte.

Dabei tauchte der Flügel des Shuttles ins Wasser. Ich hörte, wie er sich durch den steinigen Grund wühlte. Geistesgegenwärtig zog der Pilot die Maschine hoch, stieß gegen einen gewaltigen Ast, konnte aber die Kontrolle über die Maschine behalten.

Vor uns jagten plötzlich rote Geschosse durch den Wald, und mir wurde klar, dass die Borsok genau wussten, wo unser Shuttle sich befand.

»Ich lande!«, entschied Alhaadi.

»Und dann?«, entgegnete ich.

»Dann müssen wir so schnell wie möglich hier verschwinden, bevor wir mit dem Schiff hochgehen!«, erwiderte er.

»Wir können das Shuttle nicht aufgeben!«, betonte ich. »Das ist unsere einzige Chance, wenn wir zurück zur Sirio …«

Ein lauter Knall durchbrach die angespannte Atmosphäre. Funken sprühten von der Kabinendecke auf uns herab, und ich wurde gegen meinen Gurt gedrückt. Mir blieb die Luft weg und eine unbändige Kraft schleuderte meinen Kopf nach vorne.

»Wir sind getroffen!«, schrie Piero aufgeregt.

»Alle festhalten!«, befahl Alhaadi energisch. »Ich bringe uns aus dem Feuer raus!«

Entschlossen aktivierte der Pilot die Schubdüsen. Die Triebwerke heulten auf, und wir rasten mit atemberaubender Geschwindigkeit den Flusslauf entlang. Alhaadi manövrierte das Shuttle zwischen etlichen dicken Ästen hindurch, und das gedämpfte Krachen ließ vermuten, dass sie wie die Knochen mächtiger Tiere an der Schiffshülle brachen, als wir vorbeiflogen. Die Sirenen des Bordsystems schrillten längst, und mir war klar, dass wir es hier nicht lebend rausschaffen würden.

Der Überlebensinstinkt übernahm die Kontrolle über

meinen Körper. Als das Shuttle eine weitere enge Flussbiegung erreichte, klammerte ich mich verzweifelt an meinen Sitz und gab mich dem Unvermeidlichen hin. Am Boden des Schiffs donnerte es.

Glas zersplitterte, und die Beleuchtung erlosch plötzlich. Vor mir löste sich ein Sitz aus seiner Verankerung und wurde durch die Wucht des Aufpralls gegen die Decke geschleudert. Das infernale Geschrei der Insassen vermischte sich mit dem Tosen der zersplitternden Einrichtung. Das Shuttle neigte sich zur rechten Seite, und obwohl ich wusste, dass meine Bemühungen zwecklos waren, versuchte ich, mit meinem Körper gegen die Fliehkräfte anzukämpfen.

Ein letzter, gewaltiger Schlag traf den Rumpf, bevor das Schiff schließlich zum Liegen kam. Die letzten Gegenstände und Splitter fielen zu Boden, und die Luft war erfüllt von den Schreien und dem Wehklagen der Besatzung. Das Blut rauschte in meinen Ohren, und ein stechender Schmerz durchzog meine linke Schulter. Sofort sah ich mich nach Mira um und traf ihren entsetzten Blick.

»Geht es allen gut?«, erklang es von vorn.

»Alhaadi, bist du das?«, presste ich hervor.

»Scheiße, Ford! Wir müssen hier raus!«, antwortete Alhaadi.

Mit zitternden Händen suchte ich die Schnallen meines Gurts. Durch den Adrenalinrausch hatte ich einen ausgeprägten Tunnelblick. Ich nahm nichts anderes wahr, als meine Hände, die sich an den chromfarbenen Schnallen abmühten.

»Bist du verletzt?«, hörte ich Mira fragen.

»Weiß nicht«, knurrte ich. »Was ist mit dir?«

»Ich glaube, mir geht's gut. Warte, ich helfe dir!«

Miras Hände tauchten vor mir auf, schlugen meine

beiseite und öffneten den Gurt mit beherztem Griff. Die Schwerkraft zerrte mich mit unerwarteter Heftigkeit aus dem Sitz, und ich prallte ungebremst gegen die Lehne vor mir.

»Viktor!«, schrie Mira. »Komm hoch, verdammt!«

Was war los mit mir? Ihre Arme umschlangen meinen Oberkörper, und sie zerrte an meinen 90 Kilogramm. Ächzend stemmte ich meine Füße auf den unebenen Grund. Immer wieder verloren sie auf dem Unrat den Halt und nur schwer bekam ich meinen Hintern vom Sitz. Ich spürte weitere Hände an mir.

»Auf drei!«, rief eine raue Männerstimme. »Eins, zwei, drei!«

Dann wurde ich aus dem Spalt zwischen den Sitzen gehoben und durch das zerstörte Shuttle zur Frachtbucht getragen. Das alles nahm ich nur sehr selektiv wahr. Die Kisten hingen ungeordnet in den Transportnetzen, die beleuchteten Glasoberflächen der Interfaces der Schiffssteuerung waren größtenteils zerbrochen. Nur vereinzelt gaben sie noch ein Lichtzucken von sich.

»Was ist mit ihm?«, hörte ich eine strenge Frauenstimme.

»Er steht unter Schock!« Mira klang besorgt.

»Schaffen Sie alle raus!«

Ich spürte, wie sich mein Blick allmählich klärte und die Kraft in meine Glieder zurückkehrte. Auf ein lautes Zischen und Rumpeln neben mir schmerzte ein grelles Licht auf meiner Netzhaut, und als ein Hauch frischer Waldluft mich umwehte, wurde mir schlagartig bewusst, dass der Ausstieg aufgesprengt worden war. Und erst jetzt bemerkte ich, dass es Mira und Dr. Esposito waren, die mich zur Luke getragen hatten.

»Schaffst du das, Viktor?«, fragte Mira.

Ich sah sie an. Bis auf eine Schürfwunde an ihrer rechten

Wange und ihre wilde Frisur schien sie unverletzt. Dann blickte ich in die Tiefe jenseits der offenstehenden Luke und wusste, warum mir das Aufstehen so schwer gefallen war. Das Shuttle hatte sich mit deutlicher Schräglage in den steinigen Grund des Flusses gegraben.

Am ganzen Leib zitternd stieg ich nach draußen und rutschte über die matschige und verbeulte Hülle des Shuttles hinab. Mit einem Platschen landete ich im flachen Wasser, schlug auf meine Knie.

Gierig langten meine Hände in den Strom und schlugen Schwall um Schwall in mein Gesicht. Neben mir landeten Mira, Dr. Esposito und Major Harris. Ich wischte mir die Mischung aus Wasser, Speichel und Schweiß aus dem Gesicht und blickte zu der Sicherheitschefin auf. Ein blutiger Schnitt zog sich über ihre Stirn.

»Wir sammeln uns in einiger Entfernung zum Shuttle«, sagte sie mit letzter Fassung.

Unter Schmerzen richtete ich mich auf. Langsam wurde mir klar, dass bei der Bruchlandung etwas gegen meine linke Schulter geschlagen sein musste, doch auch wenn es höllisch wehtat, schien zumindest nichts gebrochen zu sein.

Nach und nach kletterten auch die anderen Insassen aus dem hoffnungslos beschädigten Shuttle und retteten sich ins Wasser. Die meisten hatten sich leichte Verletzungen zugezogen, doch alle hatten den Absturz überlebt. Nun standen sie am Ufer und blickten besorgt zu den Baumkronen empor. Dima Ivanov stieg gerade vom Shuttle herunter. Kopflos stolperte der Wissenschaftler durch das Wasser, das Notebook in seiner Hand, als ich dicht über den Baumkronen ein bedrohliches Wummern vernahm.

»Sie kommen!«, sagte ich. »Major, wir brauchen die Waffen!«

9

DIE DRITTE ERDE

Unter ohrenbetäubendem Tosen teilten sich die Blätter, und vor uns tauchte das grässlich schwarze Schiff auf. Mit schweißnasser Hand umklammerte ich den Griff meiner Pistole, während ich versuchte, meinen Atem unter Kontrolle zu halten.

»Feuer!«, befahl Kate Harris.

Gemeinsam mit Piero, Welsh und den anderen Wachen hatten wir uns am Rand einer kleinen Anhöhe oberhalb des Flusses positioniert. Die Wachen betätigten ihre Abzüge, und ich nahm das Borsok-Schiff, das sich etwa 50 Meter vor uns auf gleicher Höhe positionierte, ins Visier und folgte ihrem Beispiel.

Piero trug einen Granatwerfer, und das erste Geschoss verließ den faustgroßen Lauf seiner Waffe. Es flog mit einer dünnen Feuerspur dem Angriffsjäger entgegen und explodierte zwischen den dünnen, spitzen Flügeln am Bug. Ein gewaltiger Feuerball blähte sich auf, doch bevor wir jubeln konnten, schossen rote Laser aus den Flammen hervor.

Geistesgegenwärtig warf ich mich hinter einen hervorstehenden Felsen, und ich hörte, dass sich die Strahlen grollend ins Gestein bohrten. Piero und Welsh erschienen neben mir.

»Wir ziehen uns zurück!«, rief der Sergeant.

»Was ist mit dem Schiff?«, fragte ich.

Doch die Wachen verschwanden bereits aus meinem Blickfeld.

»Verdammt«, zischte ich.

Ohne eine Feuerpause abzuwarten, rannte ich los. Mit großen Schritten hastete ich den felsigen Hang hinab. Mächtige Farnwedel schlugen mir ins Gesicht, als ich in das kühle Unterholz eintauchte. Das Dröhnen des feindlichen Schiffs klang bedrohlich nahe. Ich schätzte, dass wir nur noch eine Minute hatten, bevor es über den Hang hinweg sein und den Dschungel mit seinen Geschützen in Schutt und Asche legen würde. Entschlossen sprang ich über einen im Weg liegenden Baumstamm und traf jenseits davon auf das restliche Team.

Kate Harris stand in der Mitte und richtete ihre Worte an ihre Leute. »Wir teilen uns in zwei Gruppen und greifen das Schiff von den Seiten aus an. Denkt an mögliches Kreuzfeuer. Ihr anderen geht aus der Schusslinie. Es wird gleich sehr ungemütlich hier.«

Mein Blick wanderte zu den Zivilisten. Weder Mira noch Alhaadi, Ivanov oder Dr. Esposito schienen sich mit dem Gedanken anzufreunden, sich in einer nassen Furche zu verkriechen, bis das Gefecht vorüber war. Doch wir hatten keine andere Wahl.

»Mister Ford«, rief Kate Harris gegen den dröhnenden Lärm an. »Sie und Welsh sichern diesen Bereich hier.«

Und so teilten sich die 10 Frauen und Männer des Sicherheitsdienstes auf und verschwanden im Dickicht. Dr.

Esposito trat vor und schob dabei den blassen rothaarigen Welsh zur Seite. Der Xenolinguist sah mich entgeistert an.

»Die Wahrscheinlichkeit, dass wir dieses Kontaktszenario überleben, geht gegen Null!«, sagte er. »Harris sollte das eigentlich wissen!«

»Das hätten Sie ihr eben persönlich sagen können, Doktor«, erwiderte ich. »Aber sie würde Ihnen dasselbe sagen, wie ich. Wir müssen diesen Angriffsjäger aufhalten, wenn wir einen Vorsprung bei der Flucht haben wollen!«

Der hochgewachsene Wissenschaftler seufzte. »Das ist doch Wahnsinn!«

»Wir müssen los, Ford!«, drängte Welsh.

Die Büsche um uns herum wirbelten durch den nahenden Borsok-Angriffsjäger auf. Mira nickte mir zu, ehe sie Ivanov an der Schulter packte und mit ihm und Alhaadi im wogenden Farn verschwand. Dr. Esposito folgte widerwillig, doch ich konnte erahnen, dass er lieber bei den anderen als bei Welsh und mir sein wollte. Ich bedauerte zugleich, dass ich Mira kein letztes Wort mit auf den Weg gegeben hatte. Was, wenn wir uns nie wieder sahen? Wenn ich oder sie ...

Ich beendete diesen Gedanken nicht. Für solche schrecklichen Überlegungen war genauso wenig Zeit wie für eine liebevolle Verabschiedung. Jetzt galt es, den Feind abzuwehren. Und nichts war bei der Annäherung an die Aika-Kolonie deutlicher geworden, als dass die Borsok uns als Feinde ansahen.

Einen kurzen Augenblick noch verharrte mein Blick auf der Stelle, an der die Gruppe im dichten Wald verschwunden war, bevor ich mich an Welsh wandte.

»Was ist dein Plan?«

Der blasse Private sah mich grotesk an. »Du hast den Major gehört, oder? Wir bleiben hier und sichern diesen Bereich.«

Mein Blick wanderte zur Anhöhe, die teilweise durch die Büsche zu sehen war. Das Wummern des Angriffsjägers erklang noch immer von dort.

»Es kommt nicht näher!«, fiel mir auf.

»Gut«, befand Welsh. »Das ist gut!«

»Das ist überhaupt nicht gut«, sagte ich. »Das heißt, sie bewegen sich auf der Stelle. Was bedeutet, dass ...«

»... dass sie landen!«, schloss der Wachmann meine Vermutung ab. »Oh mein Gott! Harris und die anderen werden nicht schnell genug auf Position sein, wenn sie das Schiff unter Beschuss nehmen wollen.«

»Wir müssen los!«, sagte ich. »Und verhindern, dass die Borsok das Schiff verlassen.«

Ich ignorierte den brennenden Schmerz in meiner linken Schulter und überprüfte die Munition meiner Pistole. Dann sprang ich ins Gebüsch, bereit, die Borsok aufzuhalten. Alles, was ich wollte, war, zu überleben und Mira wiederzusehen! Welsh folgte mir, denn ich wusste, dass er als Wachmann nicht schwächer erscheinen wollte als ich.

Wir schlichen links um die Anhöhe herum, bis wir das Wasser erreichten. Als ich das Plätschern hörte, wusste ich, dass meine Vermutung stimmte. Die Triebwerksgeräusche des Angriffsjägers waren verstummt; die Borsok waren gelandet. Vorsichtig betraten Welsh und ich das flache Flussbett. Die felsige Anhöhe verwehrte uns den Blick auf die Stelle, an der ich den Jäger vermutete. Mit ausgestreckter Waffe schlich ich durch das knietiefe Wasser und spürte, wie sich meine Schuhe erneut vollsogen und die Kälte zwischen meine Zehen kroch.

»Ford«, zischte Welsh. »Du weißt schon, dass du Harris und Piero in die Schusslinie läufst?«

»Du weißt schon, dass wir ein mächtiges Problem haben, wenn die Borsok uns zu Fuß verfolgen?«, erwiderte ich. »Du sagst es selbst. Harris und die anderen sind nicht so dicht an ihnen dran wie wir.«

Je weiter ich flussaufwärts schritt, desto mehr konnte ich erkennen, was sich hinter der Anhöhe verbarg. Das Heck von Explorer 1 war zu sehen. Selbst ein Laie hätte von meiner Position aus erkannt, dass dieses Schiff aufgrund seines Schadens nie wieder fliegen würde. Etwa 20 Meter weiter rechts entdeckte ich das Borsok-Schiff. Es war auf einer verhältnismäßig ebenen Fläche gelandet. Welsh erschien neben mir.

»Oh Gott. Sie sind bereits draußen«, stellte er fest.

Wie eine gewaltige Spinne streckte das dunkle Schiff seine gliederartigen Flügel nach vorn aus. Ein beängstigender Anblick. An der Unterseite des Rumpfs war eine Rampe heruntergefahren, doch bevor ich das Schiff weiter inspizieren konnte, zischte ein roter Laser in meine Richtung.

Welsh ging schreiend zu Boden. Auch ich ließ mich instinktiv ins Wasser fallen. Ich umklammerte meine Pistole, warf mich auf den Bauch und robbte durch das Wasser zu dem Wachmann hinüber.

»Welsh!«

»Ich bin okay!«, keuchte er.

Dass ich kein Blut im Wasser entdeckte, beruhigte mich. Doch ein weiterer roter Impuls zischte knapp über die Wasseroberfläche. Ich packte den Wachmann am Arm und schleppte mich mit ihm zum Ufer. Vor dem Schiff erschien plötzlich eine dunkle Gestalt.

Ich ließ Welsh los, riss meine Waffe hoch und feuerte. Auch der Angreifer schoss. Der Schatten hatte gut gezielt, und wäre ich nicht rechtzeitig ausgewichen, hätte er mich getroffen. Als ich mich umdrehte, war Welsh verschwunden.

»Du Ratte!«, fluchte ich.

Fest entschlossen, den Angreifer aufzuhalten, nahm ich all meinen Mut zusammen und rannte entlang der Wasserkante zur Biegung. Mir erschien es logisch, dass der Borsok nur diesen Weg nehmen konnte, wenn er uns verfolgen wollte. Wie trügerisch meine Annahme war, stellte ich fest, als ich vorsichtig um die Ecke linste.

Der Angreifer war nicht mehr zu sehen, und ich dachte, dass er sich bloß versteckte. Etwas über meinem Kopf zischte, und als ich nach oben blickte, stockte mir der Atem. Es war der Borsok. Mit einer Art Jetpack flog er über mich hinweg, seine Waffe auf mich gerichtet.

Ohne zu zögern, sprang ich zur Seite, feuerte und traf überraschenderweise. Das Zischen wandelte sich zu einem Knallen. Ich glitt aus. Mit meinem Gesicht geriet ich unter Wasser, kämpfte mich aber sofort wieder auf die Beine. Dicht neben mir donnerte der Borsok in den Fluss. Atemberaubend schnell entledigte er sich seines Rucksacks. Entschlossen hob ich meine Pistole. Doch bevor ich abdrücken konnte, holte der Borsok aus und schlug mir die Waffe aus der Hand. Platschend landete sie etliche Meter neben mir. Erst jetzt fiel mir auf, dass er selbst keine Waffe mehr besaß.

Wir standen uns im knietiefen Wasser gegenüber. Wir zögerten. Ich musste für den Außerirdischen so befremdlich aussehen wie er für mich. In dem schwarzen Kampfanzug steckte eine abscheuliche Kreatur, dessen graue Gesichtshaut mit etlichen Narben und Löchern übersät war. Wäre die Haut nicht so nass gewesen, sie hätte große Ähnlichkeit mit der Oberfläche des Erdmonds gehabt.

Aus dem Halsausschnitt des Anzugs führten dutzende Schläuche und Kabel, und gaben dem kahlköpfigen Wesen den Charakter eines Cyborgs. Dunkle Augen musterten mich. Auf der linken Schulter des Borsok befand sich eine kleine kastenförmige Vorrichtung. Nur Anführer trugen sie, so viel wusste ich mittlerweile. Doch ob es mich mit Stolz erfüllen sollte, dass ich mich so häufig hochrangigen Borsok gegenübersah, wusste ich nicht. Ich fasste meinen Entschluss und sprang zur Seite.

Der Borsok griff nach mir, und wir stürzten ins Wasser. Mit aller Kraft machte ich mich von ihm los, würgte und spuckte und taumelte davon, nur um über einen Stein zu stolpern und erneut ins Wasser zu fallen.

Der Borsok-Kämpfer stapfte bedrohlich auf mich zu. Verzweifelt kroch ich rückwärts ans Ufer, zwischen die Wurzeln eines umgestürzten Baums, doch es war zu spät. Mit beängstigender Kraft packte er mich und zerrte mich durch das Wasser in Richtung seines Schiffs. Plötzlich hallte fernes Gewehrfeuer von Harris und ihren Leuten durch die Blätter. Mir wurde schlagartig klar, dass niemand mir helfen konnte. Sie waren zu verstreut.

Anstatt meinen Schädel zu zertrümmern, schleifte mich der Borsok auf sein Schiff. Zunächst war ich erleichtert, dass er mich vorerst am Leben ließ, doch dann überkam mich die dunkle Vorahnung einer qualvollen Gefangenschaft. Meine Füße stemmten sich in den Boden, weigerten sich, dem Borsok zu folgen, doch der Außerirdische war kräftiger.

Die spitzen schwarzen Flügel des Schiffs erschienen bereits über meinem Kopf, als ich rief: »Lass mich los!«

Meine Worte verhallten ungehört. Mit schweren Schritten zog er mich die flach ansteigende Rampe hinauf, und aus dem Schiffsinneren wehte mir ein irritierender, saurer Geruch entgegen. Atmeten die Borsok normalerweise eine andere Atmosphäre? Ich hatte keine Zeit, weiter darüber nachzudenken. Ich musste hier verschwinden. Doch je tiefer ich in den Angriffsjäger hineingezerrt wurde, desto geringer schätzte ich meine Chancen auf eine erfolgreiche Flucht.

Der Innenraum war so, wie ich ihn mir vorgestellt hatte. Einige von Harris' Leuten hatten bei dem Angriff vor vier Wochen einen der Jäger der Borsok gestürmt und über das Aussehen berichtet. Der Außerirdische schleppte mich durch das pechschwarze Interieur, vorbei an zwei organisch geformten Sitzen mit hohen Lehnen. Hinter ihnen erkannte ich Monitore oder Hologramme, so ganz genau konnte ich es nicht sehen. Die dort leuchtenden roten Zeichen und Grafiken wirkten auf mich abstrakt und unverständlich. Ich sah mich um und entdeckte über dem Ausgang jenseits eines Geländers das Cockpit mit zwei Sitzen.

Unerwartet ließ mich der Borsok los. Entkräftet stürzte ich auf den stählernen schwarzen Boden, kam aber sofort auf die Beine, wollte fliehen. Ich hatte mich noch nicht vollständig aufgerichtet, da packte mich die Kreatur am Kragen und ich glitt erneut aus.

Die Bestie presste mich auf den Rücken. Das vernarbte und mit Schläuchen versehene Antlitz erschien einen halben Meter über meinem Gesicht. Ich dachte an den Borsok, gegen den ich mich vor vier Wochen zur Wehr gesetzt hatte. Damals hatte ich das Gesicht eines Anführers mit seiner eigenen Waffe zum Schmelzen gebracht.

Was würde ich dafür geben, an eine Waffe zu gelangen?, dachte ich.

Der Borsok sprach. Seine grässlichen Laute, vorgetragen

mit einer dunklen, kratzigen Stimme, erzeugten Gänsehaut und Abscheu bei mir. Obwohl ich ihn nicht verstand, merkte ich, dass er nach etwas neben sich griff. Erschreckt stellte ich fest, dass er eine Art Gesichtsmaske in seiner Hand hielt. Das Ding war so schwarz wie alles in diesem Schiff, und an den Seiten strahlten kreisförmige Beleuchtungselemente ätzend rotes Licht ab. Der Borsok drückte mich noch ein Stück fester gegen den Boden, als er die Maske meinem Gesicht entgegenbrachte.

»Was hast du vor, Arschloch?«, knurrte ich.

Ich steckte in einem Albtraum, gefangen in einem fremden Schiff, in der Gewalt eines Monsters, das mir einen unbekannten Gegenstand auf das Gesicht pressen wollte. Plötzlich hielt der Borsok inne. Draußen hörte ich Schüsse. An der Innenseite der Maske leuchteten unvermittelt zwei rote Lichtpunkte auf und stachen direkt in meine Augen, bevor meine Reflexe sie schließen konnten.

Durch die geschlossenen Lider nahm ich wahr, dass das Licht so schnell verschwand, wie es gekommen war. Ich öffnete meine Augen und sah gerade noch, wie der Borsok die Maske auf mein Gesicht drückte. Meine verzweifelten Schreie verstummten in diesem schwarzen Ding.

Alles wurde still. Die Maske umschloss die vordere Hälfte meines Kopfes, inklusive der Ohren. Wozu war dieses Gerät da? War es eine Methode, um Gefangene ruhigzustellen? Ich lauschte, doch alle Geräusche um mich herum waren plötzlich verschwunden. Ich spürte immer noch den Griff des Außerirdischen, und mit einem Mal setzte ein seltsames Brummen ein.

Das tonlose Vibrieren übertrug sich auf meine Schädeldecke und es fühlte sich an, als ginge es noch tiefer, bis ins Hirn und in mein Mark. Meine Glieder fühlten sich mit einem Mal taub an, und das war der Moment, in dem die Angst mich übermannte. Mit aller Kraft wehrte ich mich gegen den Griff des Borsok und schrie in die Finsternis gegen das unheimliche Brummen an. Doch ich hörte meine Stimme nicht mehr. Ich spürte, wie meine Lunge die Luft durch meinen Hals presste und meine Stimmbänder zum Schwingen brachte, aber es kam kein Laut heraus. Zumindest hörte ich keinen. Alles blieb stumm.

Der Griff des Borsok wurde schwächer. Oder bildete ich mir das nur ein? Und plötzlich, wie aus dem Nichts, erhellte ein anschwellendes Leuchten die Finsternis. Auf mysteriöse Weise verlieh es der Beengtheit der Maske eine unerwartet tiefe Räumlichkeit. Und da war noch etwas. Ich spürte einen Luftzug.

Ein unerklärlicher Impuls aus der Tiefe ließ meinen Körper zucken, und vor meinen Augen formte sich eine angsteinflößende Landschaft. Erstaunt über die Tatsache, dass es sich um eine 360-Grad-Ansicht handelte, sah ich mich um. Ich stand auf einer Art Brücke oder Galerie, und vor mir erstreckten sich gewaltige Gebäude, deren Spitzen von tief hängenden Wolken eingehüllt waren. Der Regen fiel in dicken Tropfen auf mich herab, und ich spürte das Prasseln auf meinem Kopf. Ein entsetzlicher Gestank von Ammoniak, der gleichzeitig etwas Saures hatte, drang in meine Nase.

Mir wurde plötzlich bewusst, dass ich mich in einer Art von Videoaufzeichnung oder Simulation befand. Es war eine hochimmersive Erfahrung, bei der ich mit all meinen Sinnen dabei war. Doch etwas stimmte nicht, denn als ich versuchte, meine Hand vor mein Gesicht zu nehmen, gelang es mir nicht. Mit wachsendem Entsetzen erkannte ich, dass ich meinen eigenen Körper nicht mehr spürte. Es war, als bestünde ich nur noch aus meinem Verstand. Presste mich der Borsok immer noch auf den Boden? Ich versuchte verzweifelt, meine Arme und Beine zu bewegen, doch es war vergeblich. Nur mein Verstand und meine Augen, sofern ich sie überhaupt geöffnet hatte, waren mir geblieben, um das zu betrachten, was ich schnell als eine Stadt der Borsok identifizierte.

Unzählige Kreaturen schritten an mir vorüber. Es waren hunderte humanoider Außerirdischer mit ihrer grauen, löchrigen Haut und den unheimlichen Schläuchen, die in ihnen steckten. Männliche und weibliche Individuen, einige allein, andere in Gruppen, sogar Kinder waren unter ihnen. Sie alle trugen die gleichen dunklen Anzüge. Überhaupt wirkte alles düster und verzweifelt. Der Himmel spendete kaum Licht und auf den einschüchternden Gebäudekomplexen saßen nicht minder beängstigende Schlote, denen dichte dunkle Rauchschwaden entwichen und sich gegen den ergiebigen Regen stemmten.

Der Borsok, der diese Aufnahme gemacht hatte, bewegte sich entlang der Brücke. Mit schnellen Schritten marschierte er zwischen den Passanten dieser grauenhaften Welt auf sein Ziel zu. Mein Blick wanderte zum Himmel, wo sich verschiedene Flugrouten für den Verkehr zu befinden schienen. Mächtige Flugzeuge donnerten in dichten Abständen über mich hinweg, welche mehr mit den protzigen Geländefahrzeugen auf der menschlichen Erde gemein hatten als mit einem Flugzeug oder Raumschiff. Ratternd schoben sie ihre voluminösen Karosserien über durch die graue Tristesse, trieben einen Schleier aus rußgeschwärztem Wasser auf die Brücke nieder.

Mein Blick wanderte über das Geländer, und unten ich erspähte breite Straßen. Gewaltige, dunkle Objekte, die an fahrende Lagerhäuser erinnerten, bewegten sich darauf. Doch sie waren immer nur einen kurzen Augenblick zu sehen, da die breiten mehrspurigen Fahrbahnen unter einem gewaltigen Gebäudekomplex hervorkamen, ehe sie unter mir hindurchfuhren, um jenseits der Brücke unter einem weiteren Komplex wieder zu verschwinden.

Plötzlich stoppte die Aufnahme, und mit einem harten Schnitt befand ich mich in einer schmalen, verdreckten Passage. Die hallenden Geräusche der beängstigenden Borsok vermischten sich mit dem prasselnden Regen. Überall um mich herum lag Müll, darunter große Teile, die möglicherweise zu einem Hausrat gehörten, aufgeweichtes Papier und Textilien. Ein schwaches Licht von weit oben beleuchtete einige Hauseingänge, und erst jetzt bemerkte ich, dass sich in den Schatten allerhand bewegte.

Es waren die krummen, röchelnden Silhouetten zahlloser Borsok, große wie kleine. Plötzlich überkam mich eine schreckliche Erkenntnis. Diese Kreaturen waren von ihren technischen Apparaturen abhängig. All die Schläuche, Kabel und elektronischen Komponenten, die ihre Körper durchzogen und bedeckten, halfen den Borsok offenbar zu überleben. Während ich dieses traurige und abstoßende Bild auf mich wirken ließ, wurde mir klar, dass dieser verlorene Ort auf dem Heimatplaneten der Borsok sein musste. Nach unserer Erde und dem Heimatplaneten der Aika war dies die Erde ihrer Dimension. Eine dritte Erde.

Doch die Welt der Borsok offenbarte sich mir als ein widerwärtiger Moloch, ätzend und stinkend wie der unablässige Regen, der unaufhörlich auf mich niederprasselte. Es war, als betrachtete ich das Bild einer heruntergekommenen Erde, auf der die Menschheit die Kontrolle über ihre eigene Entwicklung verloren hatte. In Teilen gab es solche Orte schon längst bei uns Menschen und die offensichtlichen Parallelen zu der Welt der Borsok schockierten mich zutiefst. Und allmählich drängten sich mir Fragen auf.

Warum zeigte mir der Borsok all dies? Sollte ich verstehen, wie die Umstände auf seinem Planeten waren? Versuchte er mir zu zeigen, dass sein Handeln nicht allein aus kriegerischer Absicht geschah?

Plötzlich erstarrte der Regen. Die dicken Tropfen hingen regungslos vor meinem Gesicht, und jegliche Bewegung schien eingefroren. Lediglich mein Bewusstsein blieb aktiv und beobachtete, wie die Welt um mich herum nach und nach zusammenbrach. Zuerst löste sich der Horizont auf, die Schornsteine und Hochhäuser, deren Strukturen in zunehmender Transparenz verschwanden und nur fragile Drahtgittermodelle einer 3D-Simulation zurückließen. Hinter ihnen drängte sich ein unheimliches, schwarzes Nichts vor. In Eile schaute ich mich um.

Auch das hinter mir liegende Ende der Passage verschwand. Immer schneller verloren die Gebäude, die Borsok und sogar die erstarrten Regentropfen ihre Gestalt und wurden zu digitalem Nichts. Angst ergriff mich, denn ich konnte nicht begreifen, was hier geschah. Entsetzt starrte ich an mir herunter, als die Entmaterialisierung meine Füße ergriff. Verzweifelt versuchte ich zu schreien, doch meine Stimme blieb stumm. Die Dunkelheit fraß die letzten Überreste dessen, was mich umgab, und plötzlich spürte ich eine seltsame Taubheit unterhalb meines Bewusstseins.

Es waren meine Glieder, die ich wieder fühlte, genauso wie einen festen Griff an meiner Brust. Ich kehrte zurück! Dann brach das Programm jäh ab, und das Umfeld um mich herum wurde schlagartig hell. Das Dröhnen nahenden Gewehrfeuers stach in meinen Ohren.

Dicht über mir entdeckte ich das ausdruckslose Gesicht des Borsok-Anführers, der mich immer noch auf den Boden drückte. Doch dabei blieb es nicht. Er löste plötzlich seinen Griff, sprang auf und nahm sein Laser-Gewehr fest in beide Hände. Aufgeregte Schreie drangen von der Rampe herauf ins Schiff. Ich brauchte eine Sekunde, bis ich begriff, dass es menschliche Schreie waren. Dann fielen die ersten Schüsse.

Ich war wie gelähmt, warf mich schwerfällig auf die Seite und sah, wie der Borsok sich neben dem Ausstieg verschanzte. Doch mit einem Mal zuckte er zusammen. Ich schleppte ich mich in die Ecke rechts von mir, um nicht auch ins Fadenkreuz zu geraten.

Getroffen taumelte der Borsok mitten vor den Ausgang. Mit einem schmerzerfüllten Keifen hob er seine Waffe, aber ein weiterer Treffer brachte ihn ins Wanken. Zahllose Gewehrkugeln schlugen in seinen dunklen Panzer und zwangen die Kreatur auf die Knie. In einem letzten Aufbäumen brüllte der Außerirdische den Angreifern seinen Hass entgegen, und seine kleinen, scharfen Zähne blitzten im roten Schein der Schiffs-Interfaces auf. Dann kippte der Borsok nach vorn und schlug ungebremst auf den dunklen Boden.

»Erledigt!« hörte ich eine Stimme von draußen. »Durchsucht das Schiff. Passt auf, es könnten noch welche drinnen sein.«

Eilige Schritte näherten sich von unten, und im nächsten Moment sah ich die erstaunten Gesichter von Piero und zwei seiner Männer.

Der Wachmann blickte sich um und stellte fest, dass das Schiff sauber war. Dann ließ er seine Waffe sinken und trat zu mir. So, wie er mich ansah, musste ich ein verstörendes

Bild abgeben. Piero fragte: »Was um alles in der Welt treibst du hier, Ford?«

10

BORDEAUX

10. August 2082

Mit gut 320 Stundenkilometern schoss die Magnetbahn entlang der pfeilgeraden Trasse. Vor meinem Fenster flogen im Wechsel Kiefernwälder und Wohnsiedlungen vorbei, und über allem lag die wohlig warme Stimmung des Hochsommers. Mit einem Seufzer schloss ich meine Tabellenkalkulation mit einer endlosen Auflistung von Bauelementen und klappte mein Notebook zu.

Die betörend feminine Stimme des Bordcomputers kündigte an, dass wir unser Ziel bald erreichen würden. Zuerst auf Französisch, dann auf Deutsch.

»Sehr verehrte Damen und Herren, in wenigen Minuten erreichen wir den Flughafen Bordeaux Mérignac. Unser Zug wird planmäßig eintreffen. Vor Ort haben Sie Anschluss zu allen geplanten Verbindungen. Vielen Dank für Ihre Fahrt mit EuroMag. Wir wünschen Ihnen eine angenehme Weiterfahrt.«

»Den hätte ich, wenn ich dich mal in der Realität treffen würde«, murrte ich vor mich hin.

Ich verstaute das Notebook und meine Jacke, die nach dem Regen in Frankfurt mittlerweile wieder komplett trocken war, in meinem Rollkoffer und begab mich zum Ausgang am vorderen Wagenende. Die Magnetbahn verlangsamte spürbar ihre Geschwindigkeit. Die südwestfranzösische Landschaft wich einem ausgedehnten Flughafengelände, und etwa zwei Minuten nach der charmanten Ansage schwebte unser Zug in den schillernden Bahnhof ein.

Die Tür glitt zur Seite, und sofort erfasste mich eine warme sommerliche Brise, die die kühle Klimatisierung des Zuges vertrieb. Ich zog meine Sonnenbrille aus meiner Hemdtasche und setzte sie auf, während ich ausstieg. Hätte ich es nicht besser gewusst, hätte ich den Bahnsteig auch für eine Startbahn des Flughafens halten können, zumindest was die Ausmaße betraf. Trotz der Sommerferien waren nur wenige Menschen hier an diesem Montagvormittag.

»Auch dein erstes Mal?«, erklang eine androgyne Stimme hinter mir.

Ich drehte mich um und sah eine junge Frau. Ihre Haare waren so pink, dass es in den Augen schmerzte und ihre Nase so groß, dass sie damit Adrian Brody Konkurrenz machte. Dazu trug sie einen irritierend gelben Adidas-Freizeitanzug an ihrem mageren Körper und babyblaue Kopfhörer um ihren Hals.

Ich musterte sie ausgiebig von oben bis unten. Allerdings entsprach ihre Statur nicht meinem bevorzugten Typ und außerdem fragte ich mich, wie sie die überproportional große Reisetasche auf ihrer Schulter tragen konnte.

»Nach Amerika? Oder wohin fliegst du?«, fragte ich.

»Nirgendwo hin«, antwortete sie. »Ich bin hier, um zu arbeiten.«

Ich wurde hellhörig. »Nicht zufällig bei der ESA, oder?«

»Sag bloß, du auch!« Das Gesicht der Frau strahlte plötzlich. »Die Auriga-Mission?«

Ich nickte und stellte mich vor: »Besiedlungsprojekt. Also Kolonieplanung, um genauer zu sein. Viktor Ford.«

»Jazmine Soto.« Die pinkhaarige Frau stellte unvermittelt ihre Tasche ab und reichte mir ihre Hand. »Ich bin in der Astrophysik.«

»Astrophysik?«, staunte ich. »Das ist doch diese Disziplin, in der die ganzen Nerds rumhängen.«

Sie lachte: »Und Kolonieplanung ist offenbar der neue Maschinenbau, so wie du mich angaffst.«

Ich brauchte eine Sekunde, ehe ich ihren Witz verstand.

»Schon gut«, zwinkerte Jazmine mir zu. »Irgendjemand muss diese Arbeit ja machen.«

Ich war fassungslos. Hatte diese Frau mir gerade zwei treffsichere Konter innerhalb weniger Sekunden verpasst?

»Autsch«, brachte ich nur hervor.

»Wenn du magst, können wir gerne gemeinsam rüberfahren«, bot die Astrophysikerin an. »Über etwas Gesellschaft würde ich mich freuen.«

Das Areal der ESA erstreckte sich nordöstlich des Flughafens Bordeaux-Mérignac. Ein beeindruckend weitläufiger Komplex aus großen Hallen und mehrstöckigen Forschungsgebäuden bildete das Zentrum der Forschungseinrichtung. Vor Jahren hatte man hier noch die Raketenstufen zusammengesetzt, doch heute diente der Ort ausschließlich der Planung und Forschung, und seit die ESA die ambitionierte Auriga-Mission verkündet hatte, wurden hier in Bordeaux alle Teilprojekte der Mission in die Realität umgesetzt.

Ein weiterer Zug brachte Jazmine und mich ins Herz der Anlage, von wo aus wir uns einen Weg entlang der mit Palmen gesäumten Straßen zwischen den gewaltigen Hallen bahnten.

»Weißt du, Viktor.« Es war so hell, dass Jazmine die Augen zusammenkniff. »Ich glaube, wir werden viel Spaß an Bord der Sirio haben. 450 Leute!«

Ich blickte in den strahlend blauen Himmel. »Ich kann gar nicht glauben, dass sie gerade ein so großes Forschungsschiff dort oben bauen. Das wird die größte Forschungsmission in der Geschichte der Menschheit und wir werden ein Teil davon sein.«

»Wir *sind* ein Teil davon!«, erwiderte Jazmine lächelnd.

Eine Kolonne aus gut 20 Lieferwagen und Lastwagen mit dem Aufdruck ›TerraFracto‹ fuhr an uns vorbei.

»Ah, die Ausbeuter sind auch schon da«, bemerkte Jazmine.

»Was weißt du über sie?«, fragte ich neugierig.

»Außer, dass sie mittlerweile ein Fünftel der Mission finanzieren? Ich weiß, dass es ein Haufen Idioten ist, der jederzeit und ohne Skrupel die Erde sprengen würde, um an Rohstoffe zu gelangen.«

»Dann wissen wir beide gleich viel«, lachte ich. »Aber im Ernst, mir gefällt das auch nicht. Die Missionsplanung sollte lieber weitere Universitäten an der Mission teilhaben lassen als solche geldgeilen Blutsauger.«

Jazmine funkelte mich mysteriös an. »Wenn wir oben sind, knöpfen wir sie uns vor. Wir trinken sie unter den Tisch und bringen sie dazu, all ihr Geld für humanistische Zwecke zu spenden.«

Wir beide lachten. Es war wohl unsere Art, wie wir mit dieser Tatsache umgehen konnten. Wenn die Mission schon von TerraFracto, Starbucks, Google und anderen Konzernen mitfinanziert wurde, dann wollten wir wenigstens unseren Spaß haben.

An einer T-Kreuzung trennten sich schließlich unsere Wege. Eine metergroße ›15‹, welche an der Halle vor uns prangte, reflektierte das grelle Sonnenlicht und beleuchtete den Kreuzungsbereich. Ein viergeschossiger A650 war gerade gestartet und flog dröhnend über unsere Köpfe hinweg.

»War nett, dich kennenzulernen, Jazmine.« Ich musterte sie noch einmal und fügte laut hinzu: »Aber ich schätze, wir werden uns vor dem Start noch einige Male über den Weg laufen.«

»Wird sich wohl nicht vermeiden lassen«, erwiderte Jazmine und rückte den Tragegurt ihrer viel zu großen Tasche zurecht. »Hast du am Wochenende schon was vor?«

11

GEJAGT

4. Januar 2084

Ich hörte, wie Harris' Leute alles aus dem Borsok-Schiff schafften, was sie tragen konnten. Dabei brauchte ich ihre Gesichter nicht zu sehen. Ihr Schnaufen und ihre herablassenden Kommentare reichten, damit ich wusste, mit welcher Verbissenheit sie das taten.

»Wenn mir noch einmal so einer über den Weg läuft, puste ich ihm mit seiner eigenen Waffe das Hirn aus seinem hässlichen Schädel.«

»Wenn er überhaupt ein Hirn besitzt«, sagte eine Wachfrau.

Erschöpft ließ ich mich am Rand des Urwaldflusses nieder und starrte auf die glitzernde Oberfläche. Über Jahrtausende hinweg hatte er eine Rinne in das Gestein gegraben. Während ich dem friedlich vor sich hin gluckernden Wasser dabei zusah, wie es an unserem zerstörten Shuttle und dem beängstigenden Borsok-Schiff vorüber floss, wurde ich mir wieder des seltsamen Dings aus dunklem Metall in meinen Händen bewusst. Seit Piero mich aus der Gewalt des Borsok befreit hatte, hielt ich die Maske fest. Ich hatte herausgefunden, dass die roten Lichter nur leuchteten, wenn ich die Maske dicht an mein Gesicht heranführte.

Am Knirschen der kleinen Ufersteine hörte ich, dass sich von hinten jemand näherte. Eine Hand legte sich auf meine Schulter und ich drehte mich um.

»Mira!«

Meine Freundin hockte sich neben mich und sah mir tief in die Augen.

»Wie geht‘s dir, Viktor?«

»Wird das eine Analyse?«, fragte ich.

»Viktor!«, sagte Mira ruhig. »Ich bin Umweltpsychologin. In meiner ganzen Laufbahn habe ich noch kein brauchbares Psychogramm eines Menschen erstellt. Ich denke, ich habe dir schon oft genug gesagt, was meine Arbeit ist.«

»Die Mensch-Umwelt-Beziehung in menschenfremden Umgebungen«, leierte ich herunter.

»Da warst du mit deinen Gedanken ausnahmsweise mal bei der Sache.« Sie lächelte flüchtig und wurde dann ernst. »Du hast etwas gesehen, stimmt‘s?«

Wie ein Wirbelsturm, tobten die Gedanken noch immer in meinem Kopf, und so, wie es sich anfühlte, würde es noch Tage, vielleicht sogar Wochen brauchen, ehe sie sich setzten. Was mich am meisten verwirrte, war, dass der Borsok mir seine Welt gezeigt hatte, anstatt mich zu töten.

»Also schön!«, unterbrach Kate Harris unser beginnendes Gespräch. »Es gibt eine kurze Lagebesprechung.«

Mira und ich verließen die steinige Bank an der Flussschlinge und gingen zu den anderen, die vor dem Borsok-Schiff eine Menge Material angehäuft hatten. Mit ihrer unverkennbar emotionslosen Stimme verkündete Kate Harris, was längst alle wussten.

»Wir haben keine Zeit. Explorer 1 ist irreparabel zerstört und die einzige Möglichkeit, von Auriga herunterzukommen, ist, dass wir von einem erhöhten Standpunkt aus Hilfe anfordern.«

Alhaadi ging sofort dazwischen: »Sie wissen schon, dass die kaum jemanden in dieses Gebiet schicken werden, wenn es hier von Borsok nur so wimmelt?«

Doch Major Harris ging nicht auf den Zwischenruf des Piloten ein. »Zusammen mit Sergeant Saraceno habe ich beschlossen, dass wir unser ursprüngliches Missionsziel, die Aika zu finden, weiterhin verfolgen und gleichzeitig nach einer Möglichkeit suchen, die Sirio zu kontaktieren. Wir haben Lebensmittel für knapp fünf Tage.«

»Wir werden hier unten keine fünf Tage überleben«, sagte ich. »Nicht, wenn wir uns durch das Gelände bewegen.«

»Haben Sie einen anderen Vorschlag, Mister Ford?«, fragte Kate Harris.

»Nein.« Ich fühlte mich zu erschöpft für ausgiebige Debatten. »Ich denke aber, dass wir überlegt vorgehen sollten. Wir müssen alles über die Borsok in Erfahrung bringen und ihre Technik nutzen, wo es nur geht.«

Harris erklärte: »Wir sind im Besitz etlicher Borsok-Waffen, die uns einen Vorteil im Gefecht geben sollten. An was sollten wir Ihrer Meinung nach noch denken?«

Ich hob die Maske in die Luft. Kate Harris betrachtete mich wie jemanden, der ein Spielzeug zu einer Schlacht mitgebracht hatte.

»Sie haben gesagt, dass dieses Ding eine Art Videoaufzeichnung abgespielt hat.«

Ich nickte und Kate Harris stapfte durch die dunklen Kisten und die daran angelehnten Gewehre zu mir.

»Lassen Sie sehen«, forderte sie und nahm mir die Maske aus der Hand.

Mir fiel auf, dass die kreisrunden Lichter an den Seiten nicht aufleuchteten, als Harris sich die Maske mit einem Ausdruck auf ihr Gesicht setzte, den man getrost als angeekelt bezeichnen konnte. Die Sicherheitschefin sah befremdlich aus, denn das Gerät hatte etwas von einem Visier, welches zu einem futuristischen Pilotenhelm gehören könnte.

Mit ausgebreiteten Armen drehte sich Kate Harris um sich selbst, als sie nach einigen Sekunden die Maske vom Gesicht nahm und mir das Gerät unbeeindruckt zurückgab.

»Sie funktioniert nicht.«

»Wie bitte?«, fragte ich fassungslos.

Ich brachte die Maske eine Handbreit an mein Gesicht heran. Inmitten der technischen Ornamente erstrahlten die roten Kreise und mir kam eine irritierende Vermutung.

»Sie funktioniert nur bei mir.«

Harris hob ihre Augenbrauen. »Herzlichen Glückwunsch zu Ihrem Geschenk, Mister Ford. Ich würde nun gern fortfahren.«

Ich spürte die bohrenden Blicke der anderen Wachen auf mir. Immerhin schienen Dr. Esposito, Alhaadi und Mira Interesse an meiner Entdeckung zu haben, wie ich an ihren aufmunternden Gesichtern sah. Möglicherweise verwechselte ich ihre Regungen auch nur mit Mitleid. Kate Harris wollte bereits wieder zum Sprechen ansetzen, als ich sagte: »Ma'am, die Borsok sterben. Und für mich hat diese Aufnahme den Eindruck gemacht, dass es für sie keine Möglichkeit gibt, um auf ihrem Planeten zu überleben. Möglicherweise wollen sie deshalb Auriga besiedeln.

Außerdem hat dieser Borsok mir all das gezeigt, anstatt mich …«

»Das kann ja sein«, brach Harris meine Argumentation ab, »aber das hilft uns in unserer gegenwärtigen Lage kaum weiter, Mister Ford. Aktuell sind wir etwa 30 Kilometer von der besetzten Aika-Siedlung entfernt. Welsh hat ermittelt, dass die Aika den Funkspruch an uns nicht von der Siedlung aus entsandt haben.«

»Wie kann das sein?«, fragte Mira.

»Die Positionsermittlung aus vielen hunderttausend Kilometern Entfernung ist nun mal leider nicht millimetergenau, Doktor Langley«, sagte Harris. »Mittlerweile wissen wir aber, dass das Signal einige Kilometer von der Siedlung entfernt losgeschickt worden ist.«

»Dann verstecken sich die Aika«, mutmaßte Dr. Esposito.

Harris entgegnete: »Das vermuten wir auch. Unsere bescheidenen Möglichkeiten eines detaillierten topografischen Scans in dieser Region zeigen ein komplexes Höhlensystem an. Oberflächlich scheint es dort sehr unübersichtlich und felsig zu sein.«

Ich stutzte: »Ich bin zwar kein Xenolinguist, aber wenn die Aika sich tatsächlich dort vor den Borsok verstecken, dann haben wir ihre Nachricht möglicherweise fehlgedeutet.«

Dr. Esposito sah mich mit großen Augen an. Kate Harris verschränkte die Arme auf dem Rücken, so wie sie immer tat, wenn sie ihre Haltung wahren wollte. Eindringlich musterte sie den Xenolinguisten.

»Das ist richtig«, sagte dieser zögernd. »Wenn wir davon ausgehen, dass die Aika uns technisch weit überlegen sind, sind sie auf unsere Hilfe womöglich überhaupt nicht angewiesen. Und wenn sie sich verstecken, werden sie zudem wohl kaum an einem Treffen mit uns interessiert sein.«

Harris drückte ihre Augenbrauen gegeneinander. »Und was ist diese Nachricht Ihrer Meinung nach?«

»Eine Warnung«, sagte ich schnell. »Die Aika wollten vermeiden, dass wir herkommen.«

Harris nahm den Kopf in den Nacken und blies entnervt die Luft aus und sagte zu sich selbst: »Das kann doch alles nicht wahr sein.«

In der Ferne hörte ich ein Wummern. Es lag bedrohlich über den Baumkronen, und allen war klar, was da auf uns zu kam. Die Wachen griffen nach den Borsok-Gewehren, setzten sich ihre Rucksäcke auf. Ich steckte die Maske in den Rucksack, den Picro mir zugewiesen hatte. Zwar war er bis oben hin mit Tütennahrung vollgestopft, doch es war noch genug Platz, um das außerirdische Gerät hineinzupressen. Ich hatte die Vermutung, dass es uns noch von Nutzen sein könnte.

»Sind alle so weit?«, vergewisserte sich Kate Harris. »Wir brechen in Richtung der Funkquelle auf. Die Aika brauchen vielleicht unsere Hilfe nicht, aber wir brauchen ihre!«

»Was ist mit den Borsok?«, fragte ich besorgt.

Harris blickte zu dem schnell näher kommenden Lärm auf. »Sehen wir zu, dass wir diesen Biestern nicht unter die Augen treten!«

Wir marschierten los. Obwohl jeder von uns einen der olivfarbenen Gefechtshelme des Sicherheitsdienstes trug, fühlte ich mich dadurch keineswegs sicher. Ich wusste, dass ein Borsok-Laser die Aramidfaser des Helms problemlos durchbrechen konnte. Und ich wollte mich beim besten Willen nicht der Vorstellung hingeben, wie sich eines der roten Geschosse durch meinen Schädel fraß.

Der dichte Pflanzenwuchs verhinderte ein schnelles Vorankommen. Nicht weit hinter uns hörte ich das Tosen gleich mehrerer Schiffe. Piero vermutete, dass die Borsok landeten, um den Kampfplatz zu untersuchen und von dort aus die Verfolgung aufnehmen würden. Ich jedenfalls hoffte nicht, dass eines ihrer Schiffe über unseren Köpfen auftauchte.

Ein plötzlicher Knall fetzte durch das Unterholz. Ich riss den Kopf herum und sah einen apokalyptischen Feuerschein nicht weit hinter uns. Nur eine Sekunde später erfasste uns eine Druckwelle. Ich stürzte auf meine Knie, schlug mit meiner lädierten Schulter gegen einen Baumstamm.

»Die bombardieren uns!«, schrie Alhaadi.

»Oder sie haben eines der Schiffe gesprengt«, vermutete Piero, der sich einige Meter vor mir erhob.

Finster blickte der Wachmann über mich hinweg und wischte sich dabei den Dreck von seinem Anzug. Als das Grollen der Explosion abschwoll, hörte ich Schreie, und mir wurde augenblicklich flau im Magen.

»Die kommen zu Fuß!«, keuchte ich.

»Dann sollten wir uns beeilen«, beschloss Piero. »Unser Vorsprung ist minimal.«

Ein plötzlicher Adrenalinschub beförderte mich zurück auf meine Füße. Der Gedanke an eine Horde Borsok, die uns zu Fuß verfolgte, war keine sonderlich erbauliche Aussicht. Wir wurden gejagt!

Angetrieben von Todesangst kämpften wir uns voran. Je größer der Abstand zu der Absturzstelle wurde, desto leiser wurden auch die Geräusche unserer Verfolger. Mira hielt gut mit, schlug sich einige Meter vor mir durch das Dickicht. Nach etwa zwei Kilometern machten wir eine kurze Pause.

An einer kleinen Lichtung am Fuße einer nur wenige Meter hohen Klippe hielten wir an und stärkten uns mit Wasser und Erbsenpaste aus der Tüte. Den meisten – allen voran uns Zivilisten – standen die Strapazen ins Gesicht geschrieben.

»Diese ganze Kletterei macht mich noch fertig«, keuchte Mira und stützte sich auf ihre Knie. »Die täglichen Besuche im Fitnessraum auf der Sirio sind ja schön und gut, aber das hier unten ist echt ›next Level‹.«

Private Welsh hielt Mira eine Trinkflasche vor die Nase. Die Umweltpsychologin schnappte sie und trank so begierig, dass das Wasser an ihrem Kinn herabrann. Zusehends kehrten ihre Kräfte zurück. Wach und erfrischt sah sie den Wachmann an, und erst jetzt fiel mir auf, dass sie beide aufgrund ihrer Haarfarbe Geschwister hätten sein können.

»Danke, Welsh«, sagte sie.

Kate Harris trat heran. Müde wischte sie sich den Schweiß aus ihrem Gesicht und stemmte die Hände in die Hüften.

»Wie weit noch?«, fragte sie.

Welsh steckte die Trinkflasche zurück in seinen Rucksack und holte sein Navigationsgerät hervor. »Bis zum Ausgangspunkt des Signals sind es noch etwa zwölf Kilometer.«

»In Ordnung«, sagte Harris »Dann sehen wir zu, dass wir die Strecke vor Einbruch der Dunkelheit bewältigen.«

Über unseren Köpfen summte etwas, doch schnell wurde mir klar, dass es kein Schiff der Borsok sein konnte. Ich blickte zum üppigen Blätterdach. Durch einige Stellen strahlte das goldene Sonnenlicht herab und ließ die Blätter und Farne um uns herum in unschuldigem Grün leuchten.

»Ihr hört das auch, oder?«, vergewisserte ich mich.

»Klingt, wie 'ne extrem fette Fliege«, scherzte Welsh.

Auch Mira und Harris hatten es gehört und reckten ihre Hälse nach oben, von wo das Geräusch zu kommen schien.

»Ich höre es, aber ich sehe nirgends etwas«, sagte Mira.

»Dort drüben am Felsen!«, rief ich.

Es war ein Insekt von der Größe eines Adlers. Wie eine Libelle verfügte es über vier ausladende Flügel und sein gelbgrün gestreifte Leib gab ein beeindruckendes Bild ab.

»Sag' ich doch«, freute sich Welsh. »Eine extrem fette Fliege.«

Das Insekt flog in einigen Metern Höhe über unsere Köpfe hinweg. Ich blickte zu Mira, denn ich wollte ihr sagen, dass ich mir Sorgen machte. Die Motivation der Borsok vor dem, was ich gezeigt bekommen hatte, ging mir nicht aus dem Kopf. Doch es blieb bei dem Versuch, Mira anzusprechen, denn das wieder lauter werdende Summen des Insekts vereitelte mir dies. Das Tier kreiste über Mira, Welsh und mir, und zog dabei immer engere Kreise.

»Ich werde dieses nervige Mistding abknallen, wenn es nicht bald verschwindet«, drohte Piero von hinten.

Ich schlug nach dem Ding, als es Mira zu nahe kam. Doch trotz seiner Größe war es erstaunlich agil und wich meiner Faust aus. Brummend taumelte es zur Seite und ließ sich unerwartet schnell auf Welsh herabfallen. Der Wachmann schrie erschrocken auf und fuchtelte mit seinen Armen. Ich sprang ihm zur Hilfe, versetzte dem gewaltigen Ding auf seiner Schulter einen Hieb. Die mächtigen Flügel klatschten in mein Gesicht. Ein gellender Schrei entwich Welshs Mund.

»Es beißt ihn!«, brüllte ich. »Los, ich brauche Hilfe!«

Ich ballte meine Hände zu Fäusten und schlug damit auf das knochenharte Kopfteil ein.

»Nehmt es weg!«, schrillte Welsh.

Mit einer Art Kieferklauen hatte sich das Biest im Hals des Privates verbissen. Knirschend grub es sich voran. Meine Hiebe blieben erfolglos und so packte ich das Insekt an seinem borstigen Hinterleib. Piero eilte herbei, hob das Borsok-Gewehr und setzte es dicht neben Welshs Kopf an das Tier.

»Nicht, Sergeant!«, schrie Harris noch herüber.

»Nehmt es von mir, verdammt!«, gurgelte Welsh.

Instinktiv ließ ich den Hinterleib los. Keine Sekunde zu spät, denn Piero feuerte. Ich fiel auf den Waldboden, als der rote Laserstrahl das Insekt in kleine Stücke riss. Eine schleimige gelbe Flüssigkeit spritzte in alle Richtungen, traf in einem klebrigen Schwall meinen Anzug.

Welshs Stimme überschlug sich und er ging in die Knie. Reste des zerfetzten Insektenleibs hingen an seinem blutüberströmten Hals. Soweit ich das sehen konnte, stecke der Kiefer des Biests tief in ihm. Welsh zitterte und gab nur noch unverständliche Laute von sich.

»Private, nein!«, rief Harris.

Doch es war zu spät. Welshs Arme zuckten unkoordiniert, als wollte er nach der riesigen blutenden Wunde fassen. Als konnte er selbst kaum glauben, was gerade geschah. Er rang nach Luft, suchte unsere Blicke. Doch wir waren machtlos gegen das, was den Wachmann in diesen Sekunden ereilte. Sein Atem stockte, er würgte Blut hervor und kippte schließlich zu Boden, wo er regungslos liegenblieb.

Eine ganze Minute lang blieb es still, ehe Piero ein schmerzerfülltes wie wütendes »Fuck!« in den Wald brüllte.

Niemand hatte in der folgenden Stunde etwas gesagt. Wir ließen den toten Welsh an Ort und Stelle zurück, denn wir hatten schlichtweg keine Zeit, ihn beizusetzen. Zumindest nicht, wenn uns unser Leben lieb war. Zwar hörten wir die Borsok längst nicht mehr, doch jeder einzelne von uns wusste, dass sie uns auf den Fersen waren. Dass sie uns jagten. Was in den Köpfen der anderen vorging, während wir uns weiter durch den Dschungel schlugen, konnte ich nur vermuten.

Ich dagegen blieb bei meiner Meinung: Auriga war für uns Menschen ein komplett unbekanntes und gefährliches Ökosystem. Der Planet war Wildnis in purer Form, etwas mit dem der Mensch seit tausenden von Jahren nicht mehr konfrontiert worden war. Selbst wenn niemand aus dem Team sich zu Beginn der Mission Gedanken über diesen Umstand gemacht haben sollte, mit Welshs Tod, hatte sich das schlagartig geändert. Der Mensch war an diesem Ort nicht die dominante Spezies, sondern nur ein Teil in einer Hierarchie. Und wenn nicht Aurigas Fauna uns tötete, dann würden es sehr wahrscheinlich die Borsok sein, die uns auf den Fersen waren.

12

DAS ENDE

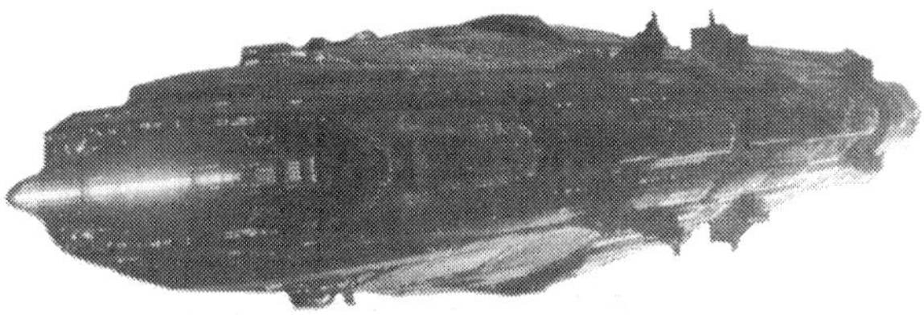

Zuerst sah ich nichts als undurchdringliche Schwärze. Ein plötzliches Gefühl der Beklemmung erfasste mich und ich befürchtete bereits, es würde überhaupt nicht funktionieren. Dabei hatten die beiden ringförmigen Lichter an der Borsok-Maske aufgeleuchtet, als ich sie in meine Hände genommen hatte. Ich fühlte mich verloren, denn ich sah nicht nur nichts, auch die Geräusche des Teams und die des Urwalds waren verschwunden.

Dass dennoch etwas geschah, merkte ich allein daran, dass das Gefühl für meinen Körper schwand. Es war, als löste sich mein Verstand von meiner physischen Existenz, was eine ganz und gar seltsame und beunruhigende Erfahrung war. Doch ich hatte mir diese Maske nicht zum Spaß aufgesetzt. Ich musste mehr über die Borsok herausfinden, nur so konnten wir Rückschlüsse auf ihre Motivation und ihr Vorhaben ziehen.

Wie beim ersten Mal, als ich diese Maske trug, war es ein schwaches Licht, welches allmählich anschwoll. Nach und nach materialisierten sich verschiedene Objekte um mich herum. Als würde ein Level eines Computerspiels geladen werden, baute sich zuerst die nähere Umgebung aus einem Drahtgittermodell auf, dessen komplexe Formen sich beeindruckend schnell mit einer fotorealistischen Textur überzogen. Es war dieselbe Gasse, in der ich mich beim letzten Mal befunden hatte, offenbar lief die Aufzeichnung an der Stelle weiter, an der sie aufgehört hatte.

Ätzender Regen fiel auf meinen virtuellen Körper und über mir tobte ein Gewittersturm, wie ich ihn eher auf dem Jupiter als auf einer parallelen Erde vermutet hätte. Auch die Borsok um mich herum schien das Unwetter zu beunruhigen. In einer Art, die ich nur als verängstigt interpretieren konnte, sprangen sie aus den Nischen der Hauseingänge, flohen die enge Gasse hinab. Andere schlüpften durch die nur einen Spalt weit offenstehenden Türen in die deprimierenden Schatten ihrer Wohnblöcke.

Ich bewegte mich. Erstaunt darüber, rief ich mir ins Bewusstsein, dass ich nur Zuschauer einer Aufzeichnung war. Eine Aufzeichnung, die so immersiv war, dass sie mich glauben ließ, ich sei in Wirklichkeit auf diesem Planeten. Ich spürte sogar das Wasser und die Böen des aufziehenden Sturms auf meiner Haut. Und da war noch etwas. Es fühlte sich wie eine Art Kraftfeld oder Energiequelle an, etwas, das nicht aus meinem Körper kam, sondern von außerhalb.

Auch ich rannte die Gasse hinunter, folgte den anderen Borsok, während über mir eine Hölle aus weißen Blitzen wütete. Schlagartig änderte sich die Umgebung und ich fand mich auf einem Platz wieder. Monumentale fensterlose Bauten säumten seine Ränder und nur an einer Stelle gab es eine Verbindung zu einer Verkehrsader, auf der ich mächtige Fahrzeuge entdeckte.

Der Regen peitschte nieder, als brachen sich die Wellen eines auf Land treffenden Taifuns über mir. Grelles Zucken zahlloser Blitze erhellte die Umgebung und um mich herum irrten hunderte von Borsok.

Einer nach dem anderen wurde von herabschießenden Blitzen niedergestreckt. Ich wich von einem humanoiden Außerirdischen direkt vor mir zurück, der von einem zuckenden Licht aus dem Sturmhimmel erfasst wurde. Für den Bruchteil einer Sekunde erstrahlte das Leuchten aus dem Innern seines Körpers, legten sich dünne Entladungen über seine durchscheinende Haut. Funkten sprühten an den Stellen hervor, an denen die Schläuche und Kabel in das Fleisch eindrangen, gefolgt von einem diabolischen Glühen, welches die Leitungen erfasste und zum Schmelzen brachte.

Mit entseeltem Blick ging die Kreatur vor mir in die Knie. Ich wollte weglaufen, doch ich konnte nicht. Ich spürte all den Schmerz, den der Filmende empfand. Der getroffene Borsok stürzte gurgelnd in eine Pfütze. Hinter ihm wurde gleich ein ganzes Dutzend von einem niederschmetternden Blitz getroffen. Jetzt lief ich doch! Gebannt sah ich dabei zu, wie den Getroffenen im tosenden Unwetter die Schaltkreise ihrer lebenserhaltenden Technik durchbrannten. Leblos gingen die Borsok zu Boden.

Das ist es also!, dachte ich mir. *Diese dritte Erde – die Welt der Borsok – hat sich zu einem lebensfeindlichen Ort gewandelt.*

Während der Filmende vor dem Untergang davonlief, blinzelte ich gegen den ergiebigen Regen an und erblickte in der Ferne die mächtige Fabrikschlote, die trotz dieses apokalyptischen Ereignisses pechschwarzen Ruß in den Himmel bliesen. Parallelen zu der Entwicklung auf unserer Erde jagten mir durch den Kopf. War es möglich, dass die Borsok selbst für diesen grauenhaften Gewittersturm verantwortlich waren?

Ich kam nicht dazu, diesen Gedanken weiter auszuformulieren. Der Filmende floh mit einer Gruppe Borsok in einen schmalen Gang. Kurz hörte der Regen auf, auf mich niederzuprasseln, während wir dem unklaren Verlauf des Korridors folgten. Ich war schon überzeugt davon, einen sicheren Unterschlupf gefunden zu haben, als sich die ungezähmte Regenflut erneut über meinem virtuellen Körper ergoss.

Ich stand am Rand einer erhöhten Plattform und jenseits eines Geländers blickte ich auf eine ausgedehnte Ebene, die etliche Meter unter uns lag. Im dichten Regen konnte ich nur undeutliche Schemen gewaltiger Objekte ausmachen, doch ihre spinnengleiche Form ließ mich wissen, um was es sich handeln musste.

In diesem Augenblick jagte ein beißendes Licht durch die finsteren Gewitterwolken und schlug in die Plattform ein. Zuckende Entladungen trafen die Borsok vor mir und auch auf mich sprang ein elektrischer Impuls über. Ein unvorstellbarer Schmerz zerriss meinen Körper von innen heraus. Ein Gefühl, als verbrannte ich bei lebendigem Leibe, ließ mich aufschreien. Doch ich hörte nichts. Ich verlor das Gefühl für oben und unten. Kaskaden sauren Wassers ergossen sich über meinen Körper, als die Welt um mich herum schneller zusammenbrach, als sie sich aufgebaut hatte. Mit einem Mal wurde es schwarz und das Gefühl, zu verbrennen, wurde zum unkontrollierten Zittern meiner Arme und Beine. Ein grelles Licht stach mir in die Augen.

»Hör auf so rumzuschreien, du Bastard!«, hörte ich Piero knurren.

»Was?«, stammelte ich, noch bevor ich begriff, was geschehen war.

Aus dem gleißenden Weiß schälten sich die Umrisse des Wachmanns, der mich wütend anblickte, aber auch Mira und Ivanov entdeckte ich. Ich lag auf dem Waldboden und über mir sah ich die erhabenen Baumkronen des aurigischen Dschungels.

Piero sagte: »Es wäre schön, wenn du uns das nächste Mal Bescheid sagen würdest, bevor du dir dieses Ding aufsetzt.«

»Was hast du gesehen?«, wollte Mira wissen und half mir in eine aufrechte Position.

Ich fasste mir an den Kopf, um mich zu vergewissern, dass ich noch lebte und dies die Wirklichkeit war. Die anderen des Teams standen einige Meter entfernt und blickten mich irritiert bis verstört an.

Atemlos sagte ich: »Ich glaube, ich weiß, warum die Borsok nach Auriga aufgebrochen sind.«

13

ABSTECHER

Ivanovs ernster Blick traf mich unvermittelt. Schweiß bedeckte sein Gesicht in einem Ausmaß, als wäre er in einen See gefallen, und er musste sich an einer großen, feuchten Wurzel abstützen, um nicht umzufallen. Dieser klägliche Anblick erinnerte mich daran, dass auch ich mir den Schweiß von der Stirn wischen musste. Ich wusste, Harris würde uns nur eine kurze Pause zugestehen.

»Was soll das heißen, die Intervalle sind dieses Mal kürzer?«, fragte ich.

»Es bedeutet genau das, was ich gesagt habe, Ford«, gab er zurück.

Da war er wieder, der Ivanov, den ich nicht ausstehen konnte. Der Kollege von Jazmine, der mich bei meinen Besuchen im Labor mit spöttischen Kommentaren gestraft hatte, wann immer ich Fragen zu astrophysikalischen Phänomenen hatte oder einfach nur etwas nicht verstand. Ich atmete tief die schwere, feuchte Luft ein und verschränkte die Arme vor der Brust, während ich die anderen Teammitglieder betrachtete.

»Kannst du mich nicht wie einen dummen Schuljungen behandeln?«, fragte ich.

»Tue ich nicht«, keuchte Ivanov. »Aber du hast nach etwas gefragt, das ich bereits erklärt habe. Die Messungen der Sonde vom Dimensionsportal bestätigen, dass ein Wurmloch geöffnet ist. Allerdings deuten die Änderungen der Emissionsprofile darauf hin, dass die jeweiligen Zeitfenster diesmal deutlich kürzer sind als beim letzten Mal.«

Langsam dämmerte mir, was der Wissenschaftler meinte, und ich fragte: »Das heißt, es gibt Durchgänge, aber sie sind viel kürzer als zuvor?«

»Genau«, bestätigte er.

»Könnte das an der Beschaffenheit des Wurmlochs liegen?«, warf ich ein.

Ivanovs Blick blieb ernst. »Möglich, aber ein solches Szenario wäre vermutlich nicht wünschenswert, denn es könnte bedeuten, dass das Wurmloch instabil ist. Der Ring könnte möglicherweise nicht genügend negative Masse bereitstellen, um den Korridor in der Raumkrümmung ausreichend weit und stabil offenzuhalten.«

»Warum wäre so etwas nicht wünschenswert?«, fragte ich.

Ein dünnes Lächeln huschte über Ivanovs Gesicht, als er erklärte: »Na ja, nehmen wir an, wir entdecken tatsächlich eine Verbindung zu unserer Erde und überlisten die Borsok, wovon ich persönlich nicht ausgehe. Der Flug durch ein instabiles Wurmloch wäre so erfolgversprechend, wie mit Lichtgeschwindigkeit durch einen Planeten hindurchzufliegen.«

»Bitte!«, flehte ich. »Ich bin Kolonieplaner. Von Physik

habe ich in etwa so viel Ahnung wie du von der Materialbeschaffung eines Lebenserhaltungssystems.«

»Du hattest gefragt. Also einem Laien würde ich sagen, dass die Kräfte unberechenbar sind und die Sirio sofort zerstören würden«, erklärte Ivanov emotionslos.

Manchmal beneidete ich Physiker und Mathematiker um ihre Fähigkeit, selbst dramatische Dinge nüchtern zu erklären. Als hätten sie ein angeborenes Talent dafür, Ereignisse, die hundertfaches menschliches Leid verursachen konnten, zu abstrahieren und lediglich ihre wissenschaftlichen Aspekte zu hervorzuheben.

Mira kam hinzu und unterbrach uns. »Harris möchte bald weiter«, sagte sie.

Ich blickte zu der Sicherheitschefin. Erhobenen Hauptes stand sie inmitten ihrer Leute und gab Ihnen Anweisungen. Sie würde es wahrscheinlich nie zugeben, doch man sah ihr die Anspannung und die Trauer über den Verlust von Welsh deutlich an, denn trotz aller Härte war Kate Harris ein Mensch aus Fleisch und Blut. Etwas abseits der Gruppe saßen auf einem moosbewachsenen Stein Alhaadi und Dr. Esposito und unterhielten sich. Ich wandte mich wieder an Dima Ivanov.

»Wissen wir schon, ob es eine Verbindung zu unserer Erde gibt?«, fragte ich ihn.

Der Wissenschaftler ließ die Wurzel los und kämpfte sichtbar damit, auf den Beinen zu bleiben, während er immer wieder zu Mira schielte.

»Noch nicht«, antwortete er. »Aber wenn sich meine Vermutung bestätigt, dass sich die Intervalle alle zwei Stunden ändern, sollten wir es bald wissen.«

»Alle zwei Stunden«, staunte Mira. »Wie sollen wir da durchkommen? Das ist, als würde man versuchen, durch eine

Tür zu rennen, die sich nur eine Sekunde öffnet. Oder sehe ich das falsch?«

»Das ist ein sehr treffendes Beispiel, Dr. Langley«, sagte Ivanov. »Und ja, es beschreibt das Dilemma, in dem wir stecken, sofern wir all das hier überleben.«

Mira schien geschmeichelt von seinem Lob zu sein, denn sie blickte verlegen auf den Waldboden.

»Wäre es eigentlich möglich, durch das Wurmloch zur Erde in dieser Dimension zu gelangen?«, fragte sie.

»Theoretisch«, erwiderte Ivanov knapp. »Im Grunde wissen wir überhaupt nichts von der Erde in dieser Dimension. Gut möglich, dass sie den Aika gehört, vielleicht aber auch den Borsok. Ich halte es sogar für möglich, dass wir uns hier in keiner der Dimensionen der beiden anderen Spezies befinden.«

»Spannend«, sagte Mira.

»Geht so«, erwiderte ich. »Ehrlich gesagt, möchte ich mir nicht vorstellen, wer auf der Erde in dieser Dimension lebt. Was ich vom Borsok-Planeten gesehen habe, reicht mir vollkommen.«

Wir kämpften uns weiter durch das immer unwegsamere Gelände. Die sandsteinartigen Felsformationen wuchsen um uns herum, als wollten sie uns einschüchtern. Gigantische Säulen ragten mit schroffen Kuppen und kargen Bäumen in den Himmel und bildeten dort, wo das Gestein miteinander verwuchs, verwinkelte Felswände, die unser Vorankommen noch weiter verlangsamten.

Als das Gelände zu unserer Linken plötzlich jäh abfiel

und wir uns an einem steilen wie dicht bewachsenen Hang wiederfanden, zwang uns das zum Anhalten.

»Sieht nicht gut aus«, stellte Piero fest.

Ich zwängte mich an den anderen Männern und Frauen vorbei und erkannte, dass der Wachmann nicht übertrieb. »Das ist wirklich ziemlich steil. Glaubst du, wir können über diese im Schlamm liegenden Baumstämme zur anderen Seite gelangen?«

Der Wachmann zog seine Nase hoch und sah sich um. »Ungern. Was denken Sie, Major?«

Kate Harris trug seit Welshs Tod das Navigationsgerät und betrachtete es nun mit sorgenvollem Gesicht. »Laut den Berechnungen sind wir nur noch einen Kilometer von dem Punkt entfernt, von dem aus die Nachricht an uns gesendet worden ist«, sagte sie. »Und basierend auf der Position der aurigischen Sonne haben wir bereits späten Nachmittag. Mister Ford, wie viel Zeit haben wir, bevor es dunkel wird?«

»Wenn es dämmert, haben wir nur noch ein paar Minuten«, erklärte ich. »Im Gegensatz zur Erde rotiert Auriga in nur 17 Stunden einmal um sich selbst. Wenn es jetzt Nachmittag ist, haben wir vielleicht noch zwei Stunden, schätze ich.«

Harris seufzte und schaute auf die am Hang liegenden Baumstämme. »Ich würde lieber eine andere Route wählen, aber ich befürchte, dass wir dann nicht vor Einbruch der Dunkelheit ankommen. Außerdem glaube ich, dass die Borsok …«

Ein dumpfes Grollen unterbrach sie. Seit dem Mittag hörten wir immer wieder diese Geräusche, die eindeutig künstlicher Natur waren, und von denen Piero vermutete, dass die Borsok sich entweder ihren Weg durch den Dschungel sprengten, oder sie mögliche Verstecke aushoben.

»Ich glaube, wir sollten uns beeilen«, sagte Harris.

Piero hob die Hand. »Ma'am, ich denke, ich muss Sie nicht darauf hinweisen, dass es ein beträchtliches Risiko ist, diese Stelle zu überqueren.«

»Müssen Sie nicht, Sergeant«, entgegnete Harris. »Ich teile Ihre Bedenken, aber ich möchte lieber am Leben bleiben. Darüber hinaus hatten Sie mich nach meiner Meinung gefragt.«

So stiegen wir einer nach dem anderen auf die mächtigen, niedergegangenen Baumstämme. Piero und zwei seiner Männer balancierten an der Spitze.

»Achtung, Leute. Hier ragt etwas heraus. Passt auf, dass ihr nicht stolpert.«

Ich folgte Ivanov und Mira auf den ersten Stamm. Der Astrophysiker zeigte überraschend gute Trittsicherheit, obwohl sein Cola-Konsum eher dagegensprach.

»Sergeant, sind Sie schon drüben?«, rief Harris von hinten.

»Negativ«, kam die Antwort aus der grünen Wand vor uns.

Sogar Ivanov verschwand gelegentlich aus meinem Blickfeld, so dicht waren die meterhohen Halme, welche aus dem dunklen Schlamm wuchsen. Immer, wenn Mira einen der Halme zur Seite drückte, schlug er mir nass ins Gesicht. Ich musste aufpassen, dadurch nicht das Gleichgewicht zu verlieren, denn keinen Meter links neben uns fiel der Hang schlagartig ab. Sein Grund verbarg sich tief unten im undurchdringlichen Grün. Mit einem Mal ging ein Ruck durch den Stamm.

»Alle stehenbleiben!«, rief ich.

Mira schrie: »Wir rutschen ab!«

Ich sah, wie der Stamm unter meinen Füßen sich zäh ein

ganzes Stück hangabwärts bewegte. Die Halme links von mir wogen sich unheilvoll und versanken langsam unter dem Baum. Ich streckte meine Arme aus, um mein Gleichgewicht zu halten. Auch Mira, Ivanov und der Wachmann vor ihnen taten es.

»Los, kommt rüber!«, hörte ich rufen.

Jenseits des Wachmanns entdeckte ich Dr. Esposito, der sich auf dem angrenzenden Stamm etwas oberhalb befand. Er winkte wild, und dicht hinter ihm zwängte sich Piero vorbei. Sein entsetzter Blick verriet die prekäre Lage, in der wir uns befanden.

Ein weiterer Ruck erfasste unseren Stamm. Mira und Ivanov glitten aus und rutschten vom Stamm. Während Ivanov unvermittelt den Hang hinabstürzte, schlug Mira mit ihrem Brustkorb auf das Holz. In letzter Sekunde fand sie mit ihren Fingerspitzen in der modrigen Rinde Halt. Ich warf alle Bedenken über Bord und machte einen Satz auf sie zu.

Mira war nur eine Armlänge entfernt. Ich kroch ihr entgegen.

»Nimm meine Hand!«, rief ich.

Ich sah, dass Mira den Stamm nicht loslassen wollte. Ihr Atem ging schnell und flach. Hinter ihr rutschte der Wachmann ab, versuchte aber noch, seinem Schicksal zu entgehen. Dabei begann der Stamm sich um seine Längsachse zu drehen. Mit einem verzweifelten Schrei verschwand der Wachmann im Dickicht.

Ich nahm meinen Arm zurück, suchte nach Halt. Miras Finger entschwanden plötzlich meinem Blick. Ich warf mich nach vorn, landete hart auf der Rinde und sah, wie Mira mit weit aufgerissenen Augen rückwärts den Hang hinabrollte. Mit einem schrillen Schrei tauchte sie in das Dickicht und war verschwunden.

»Nein!«, brüllte ich. »Nein, verdammt!«

Ich stemmte mich auf dem langsam abrutschten Baumstamm in den Stand.

»Ich hole sie!«, beschloss ich.

»Das wirst du schön bleiben lassen!«, rief Piero.

»Aber Mira ...«, stammelte ich. »Ich kann sie unmöglich ...«

Harris unterbrach mich: »Wir müssen weiter, Mr. Ford. Es gibt nichts, was wir für sie tun können.«

Der Stamm bewegte sich immer noch, und ich wusste, dass ich schnell zu Piero gelangen musste, sonst würde auch ich abstürzen. In mir tobten die Gedanken an eine gemeinsame Zukunft mit Mira und der schlagartig veränderten Realität, die vor mir lag.

»Ich hole sie«, sagte ich noch einmal. »Wir treffen uns in einer Stunde einhundert Meter weiter vorn.«

»Ford, verdammt!«, rief Piero. »Du hast keine Ahnung, was da unten ist, und du kennst das Gelände vor uns überhaupt nicht.«

»Aber ich kann sie nicht zurücklassen!«

»Sie ist tot!«, brüllte Piero.

Unsere Blicke trafen sich. Der Wachmann klammerte sich mit seinen muskulösen Armen an einen nach oben stehenden Ast seines Stamms und schüttelte den Kopf.

»Gehe nicht davon aus, dass wir auf dich warten werden«, sagte er.

»Dann ist es so«, antwortete ich und holte tief Luft.

Ich drehte mich um, spähte in die Tiefe und sprang. Unsanft landete ich zwischen den meterhohen Halmen am Hang und verlor sofort das Gleichgewicht, rutschte über die trockenen Blätter und den Schlamm in die Tiefe.

Ich versuchte, den Zweigen und Wurzeln auszuweichen,

ignorierte die Rufe des Teams hinter mir, die immer leiser wurden. Meine Gedanken kreisten um Mira, die Gefühle, die ich mit ihr teilen wollte, und die Zukunft, die wir uns ausgemalt hatten. Sie durfte nicht als eine unverwirklichte Vision verblassen.

Noch konnte ich das Ende des Hangs nicht sehen, als ich an einer Wurzel hängenblieb und mich überschlug. Hart stieß ich gegen alles, was auf dem steilen Waldboden wuchs. Schützend nahm ich die Hände vor die Augen, überschlug mich weitere unzählige Male und blieb mit einem Mal liegen. Ein dumpfer und brennender Schmerz breitete sich sofort in jedem Winkel meines Körpers aus.

»Viktor!«, hörte ich eine panische Stimme. »Oh, mein Gott!«

Meine Sinne sammelten sich langsamer als meine Augen wieder sehen konnten. Alles drehte sich, ich spürte Dreckkrümel zwischen meinen Lidern und schmeckte den modrigen Boden. Unkoordiniert kam ich auf die Füße, spürte Miras Hände an mir.

Bevor ich zu ihr aufsah, bemerkte ich den abgestürzten Wachmann, oder das, was von ihm übrig war. Ein herausstehender Wurzelrest hatte seinem Höllenritt ein jähes Ende bereitet. Kniend starrte der Mann in den Wald, als wäre noch Leben in ihm. Dabei durchdrang das tote Stück Holz mit der Dicke eines Oberschenkels die Mitte seines Körpers und ließ große Mengen seines Lebenssafts entweichen. In dicken Rinnsalen bahnte er sich an dem olivfarbenen Anzug herunter und verlor sich auf dem mit dichtem Grün bedeckten Boden. Angewidert sprang ich auf.

»Mira! Du lebst«, stammelte ich, den Blick von dem Wachmann abgewandt.

»Was machst du hier unten?«, fragte sie verwundert.

»Mein Helm ... Ich glaube, der hat mir eben das Leben gerettet!«

»Wo ist Ivanov?«, wollte ich wissen.

Die Pupillen von Miras steingrauen Augen waren geweitet und ihre Atmung ging - ähnlich wie meine - schnell und flach. Ihre Nase blutete wie auch ihre rechte Hand, welche zitternd an mir vorbei zeigte. Mein Nacken tat weh, als ich mich umdrehte.

Dort im Dreck, einige Meter weiter, lag der Astrophysiker auf dem Bauch und regte sich nicht. Schnell hastete ich zu ihm und spürte die Überforderung meines Körpers durch den Sturz. Ich warf mich neben ihn.

»Hey, Mann!«, rief ich und rüttelte an ihm. »Komm schon, Ivanov, wir müssen wieder nach oben!«

Ich war drauf und dran, die Kontrolle über mich zu verlieren. Mein Atem überschlug sich und mein Blick wurde starr, als ich mich mit dem letzten Rest Beherrschung dazu zwang, meine Hände von Ivanov zu nehmen.

»Was ist mit ihm?«, hörte ich wie durch einen fernen Schleier.

Ich fixierte meinen Blick auf den Rucksack des Wissenschaftlers und beobachtete aufmerksam den Lichteinfall auf der Struktur des Stoffs.

»Er atmet«, hörte ich mich sagen.

»Gott!«, rief Mira.

Als diese Erkenntnis zu mir durchdrang, beruhigte ich mich allmählich. Die Geräusche um mich herum wurden wieder deutlicher und auch die Farben wurden wieder intensiver, als tauchte ich aus einem langen Schlaf zurück ans Licht der Wirklichkeit. Irritiert sah ich mich um. Mira stand neben mir. Blut tropfte von den Fingerspitzen ihrer rechten

Hand, während sie vergessen auf den wuchtigen Leib Ivanovs starrte.

Ein Ächzen drang vom Boden herauf. Dima Ivanov regte sich, hob seinen Kopf vom Boden und sah uns mit dreckverschmiertem Gesicht an.

»Alles gut«, brachte er schwach hervor. »Ich glaube, ich habe mir nichts gebrochen.«

Wir halfen ihm auf die Beine. Er schien weniger traumatisiert von dem Absturz zu sein als Mira und ich, doch kaum hatte er den toten Wachmann entdeckt, wich auch ihm die Farbe aus dem Gesicht.

»Wir nehmen seine Waffe«, sagte ich. »Und dann verschwinden wir von hier. Wir müssen zurück zu den anderen.«

Ohne Zeit zu verlieren, machten wir uns auf den Weg. Wenn in spätestens zwei Stunden die Sonnen unterging, wollte ich längst wieder bei Harris sein. Allerdings stellte ich fest, dass unser ›Abstecher‹ deutlich länger dauern würde.

Ich sagte: »Laut meiner kognitiven Landkarte müssen wir nur an diesem Hang entlang und …«

»Sorry, Viktor,« mischte sich Mira ein, »aber ich glaube, deine sogenannte kognitive Landkarte ist echt mies. Wir laufen bestimmt schon seit einer halben Stunde durch diese Senke, obwohl wir direkt den Hang hinauf gemusst hätten.«

Kaum waren Miras Worte verklungen, durchdrang ein Geräusch meine Ohren, das unmöglich natürlichen Ursprungs sein konnte. Mira und Ivanov hatten es auch gehört, denn sie verharrten in ihren Positionen und lauschten.

»Das kam von dort drüben«, flüsterte Mira und deutete nach links, wo sich ein weiterer, niedrigerer Hang erhob. »Es klang nach Stimmen und etwas Metallischem.«

»Meint ihr, Harris und die anderen sind dort?«, fragte Ivanov.

»Finden wir es heraus«, entschied ich.

Entschlossen ging ich voran, suchte mir einen Weg durch den Farn den Hang hinauf, spähte auf der Kuppe zur anderen Seite. Mira und Ivanov waren mir in dichtem Abstand gefolgt, während ich versuchte zu ermitteln, ob die Geräusche aus unserer Nähe kamen.

»Und was, wenn nicht?«, fragte Ivanov. »Ich meine, was ist, wenn die Geräuschquelle keinen menschlichen Ursprung hat?«

»Das ist nur eine Hypothese«, erwiderte ich und marschierte den Hang hinab. »Solange es nicht real ist, bleibt es Spekulation.«

Schnelle Schritte folgten mir durch das Unterholz, und ich hörte, wie der Astrophysiker sagte: »Spekulationen können auch real sein. Genauso wie Träume.«

»Ivanov, versuchst du mir als Wissenschaftler gerade zu erzählen, dass Träume Wirklichkeit sind?«

»Gott, Ford! Du bist manchmal echt naiv.«

Erneut erklang das Geräusch, und diesmal war deutlich zu hören, dass es ein Schlagen auf Metall war. Es schien direkt von vorn zu kommen. Ich deutete Mira und Ivanov zu warten, wo sie waren, und entsicherte mein Gewehr, um dem Geräusch entgegen zu schleichen.

Die Büsche waren nicht mehr so dicht wie an der Stelle, an der wir abgestürzt waren, und zwischen den mächtigen Stämmen breitete sich hüfthoher Farn aus, der den weiten Blick über das Gelände erlaubte. Vor Jahrmillionen hatten tektonische Kräfte die Gegend zu etlichen Senken und Kämmen aufgefaltet. Viele von den tiefer liegenden Bereichen entzogen sich meinem Blick. Daher wagte ich nicht, nach Harris zu rufen.

Ein Rascheln in der Senke vor mir fing meine Aufmerksamkeit ein. Ich blieb wie angewurzelt stehen und nahm die Stelle ins Visier, von der das Geräusch zu kommen schien. Ich ging in die Hocke und da entdeckte ich sie.

Borsok!, dachte ich.

Es war eine Patrouille, zwei Borsok neben einem Fahrzeug. Zumindest sah es aus wie eines. Da ich mich duckte, konnte ich nicht den unteren Teil sehen, möglicherweise handelte es sich auch um eine Art motorradähnliches Fluggerät. Was ich aber sah, war, dass es sich bei den Borsok um zwei normale Kämpfer handelte, denn keiner von ihnen trug einen Sucher auf seiner Schulter. Es waren zwei männliche Individuen, die einige Meter vor ihrem Fahrzeug eine Stelle des Waldbodens in Augenschein zu nehmen schienen.

Mir fiel wieder ein, dass die Borsok über kein Gehör verfügten, sondern Schallwellen über ihren Tastsinn wahrnehmen. Ich hatte also eine reelle Chance, sie auszuschalten, bevor sie uns entdeckten. Langsam erhob ich mich und nahm das M-75-Gewehr an mein Kinn.

Ich hatte nie gejagt, und wusste nicht wie es war, sich an ein Tier anzuschleichen. Doch ich stellte mir vor, dass es genauso war wie in diesem Augenblick. Bedächtig setzte ich einen Fuß vor den anderen und näherte mich meinem Ziel. Nur mit dem Unterschied, dass es kein Wild war, sondern die Menschen einer anderen Dimension. Ich hatte den Borsok, der dem Fahrzeug am Nächsten war, direkt vor dem Sucher. Kurz zögerte ich, dachte daran, wie unfair ein Angriff aus dem Hinterhalt war. Doch ich musste es tun. Für Mira, für mich, für die Sirio ...

Mit einem Mal raschelte es neben mit. Hatte ich zuerst noch geglaubt, es wären Mira oder Ivanov, so musste ich feststellen, dass die Patrouille nicht aus zwei sondern aus drei Borsok bestand. Unmittelbar neben mir stand eine weibliche Borsok-Kämpferin und war im Begriff, ihre Laserwaffe zu heben.

14

DIE PATROUILLE

Es war sinnlos, um Hilfe zu rufen. Weder Mira noch Ivanov konnten mich von ihrer Position aus sehen oder hatten eine Waffe, um die Borsok abzuwehren. Während diese Gedanken durch meinen Kopf jagten, hob die Angreiferin langsam ihre Waffe, und die einzige Chance, die mir blieb, war gleichzeitig die dümmste Idee, die es gab.

Ich duckte mich und rammte der Borsok-Kämpferin meinen Kopf in den Bauch. Fauchend gab sie einen Schuss ab, traf jedoch nur den Boden. Meine Arme umschlangen ihren Körper, und ich presste sie mit aller Kraft nieder. Unkoordiniert fielen wir zwischen die Farne. Ich wusste, ich hatte nur ein paar Sekunden, bis ihre Kameraden bei mir sein würden. Die Borsok strampelte mit ihren Beinen und plötzlich traf mich eine Faust am Kopf.

Der Schmerz ließ mich aufschreien, aber ich hielt die Angreiferin fest umschlungen. Ich spürte das Gewehr der Borsok an meinem Brustkorb, überlegte, wie ich mich aus dieser misslichen Lage befreien konnte, bevor sie ihren

Waffenlauf an mich drücken konnte. Ich dachte an mein eigenes Gewehr, welches nutzlos an meiner Seite baumelte, als ein weiterer Schlag meinen Kopf traf. Für mein Überleben sah ich nur eine Möglichkeit.

Ich ließ die Borsok los, warf mich zur Seite und riss mein Gewehr hoch. Blind feuerte ich in Richtung der Angreiferin. Doch sie war längst zwischen den Farnen verschwunden. Panisch blickte ich an die Stelle, an der wir gelegen hatten, und versuchte, ihren dunklen Kampfanzug in dem dichten Grün auszumachen. Ergriffen von nackter Angst kroch ich ein Stück den Hang hinauf, als die beiden anderen Borsok nur wenige Meter vor mir erschienen.

Mit einem Entsetzensschrei drückte ich ab und traf den ersten Borsok. Die Wucht meiner Projektile schleuderte den Außerirdischen den Hang hinunter. Sie hatten offenbar nicht an dieser Stelle mit mir gerechnet, denn der zweite Borsok warf sich ins Dickicht. Doch anstatt zu fliehen, schnellte er heran und bevor ich einen weiteren Schuss abgeben konnte, packte er meine Beine und brachte mich zu Boden.

Der Kämpfer hielt es nicht für nötig, seine Waffe zu benutzen. Er setzte sich auf mich und mit seiner mächtigen Faust schlug er mir mehrere Male mitten ins Gesicht. Meine Wahrnehmung verschwamm, aber noch hatte ich genug Kraft in mir. Ich holte mit dem Gewehr aus und erwischte die Bestie am Kiefer. Der Borsok keifte aufgebracht, und sehr zu meinem Unmut erschien die weibliche Kämpferin hinter ihm.

Die beiden tauschten einige unverständliche und aggressiv klingende Laute aus. Offenbar überlegten sie, was sie mit mir anstellen sollten. Ein nahes Rascheln ging durch das Unterholz, und an den verwunderten Gesichtern der Borsok erkannte ich, dass auch sie es gehört hatten.

Die weibliche Borsok hob den Blick und ging um mich herum. Mit einem Mal wurde sie von einem großen, dunklen Ding am Brustkorb getroffen. Der Schlag war so heftig, dass sie ihre Waffe verlor. Schreiend schlug die Borsok auf den Boden. Der Angreifer auf mir keifte, als er sah, was sich um uns herum bewegte.

Es war ein furchterregend großes Tier, etwas, das ich selbst noch nicht kannte. Offenbar hatte es sich unbemerkt anschleichen können. Der Borsok wollte aufspringen, doch zwei mächtige Greifwerkzeuge packten seinen Oberkörper. Seine Arme waren eingezwängt, und hinter ihm sah ich etwas, das wie ein Insektenkopf aussah. Ein grässliches, vertikales Maul stülpte sich um den Kopf des aufgebrachten Borsok. Vergeblich versuchte ich, unter dem Außerirdischen freizukommen.

Klarer Speichel floss schwer an der grauen Haut des Borsok herab, tropfte klebrig auf meinen orangefarbenen Anzug. Ich hörte, wie die weibliche Borsok ächzte und sich aufrichtete. In diesem Moment schnappte der Kiefer des Tiers zu, und die entsetzlichen Schreie des Borsok verstummten abrupt. Das Haupt der gewaltigen Bestie ruckte zur Seite, und mit einem furchterregenden Knacken löste sie den Kopf vom Rumpf.

Ich schrie. Eine Fontäne dunklen Bluts sprudelte aus der Wunde, ergoss sich über den Borsok-Leib, als würde man einen Farbeimer auskippen. Angsterfüllt rutschte ich hin und her, aber es half nicht. Die warme, klebrige Suppe verteilte sich auf mir. Erst als die Greifwerkzeuge den Oberkörper des Opfers freigaben, kippte er von mir und ließ auch mich frei.

Ich rollte mich zur Seite und stellte fest, dass das mächtige Tier uns eingekesselt hatte. Es war ein etliche Meter langes, käferähnliches Insekt. Sein langgezogener, aus unzähligen Segmenten bestehender Körper bewegte sich auf dutzenden Beinen dicht über den Waldboden. Das Biest richtete seinen mit vier dornbewehrten Greifwerkzeugen ausgestatteten Vorderleib auf. Dunkle kleine Augen starrten auf mich herab, und aus dem Maul rann dunkle Flüssigkeit.

Ich hob mein Gewehr und feuerte. Gleichzeitig kam ich mir lächerlich dabei vor, denn es war offensichtlich, dass mein Kaliber für dieses Biest zu klein war. Ich drehte mich um und sah die weibliche Borsok. Mit einem kräftigen Hieb traf sie mich am Kinn. Der Gurt meines Gewehrs riss, aber ich hielt die Waffe fest in meinen Händen, als ich erneut stürzte.

Die Angreiferin floh durch die freie Stelle zwischen Schwanz und Vorderleib des Biests. Ich schlug auf den Boden, schoss, verfehlte die Borsok-Kämpferin jedoch. Die spinnenähnlichen Beine des Insekts stachen um mich herum in den Boden. Der Oberkörper neigte sich bedrohlich über mich. Bevor es mich zu fassen bekam, wich ich aus, kam in den Stand. Ich lief der Borsok hinterher. Mit großen Schritten floh sie durch den Farn zu ihrem Fahrzeug, das mich an eine Art räderloses Moped erinnerte.

Während ich den Hang hinabstürzte und mich bemühte, nicht zu fallen, feuerte ich auf die Borsok. Meine Kugeln trafen das Fahrzeug mit einem scheppernden Geräusch. Hinter mir donnerte es, und im nächsten Augenblick schlug ein bemerkenswert dicker Baumstamm auf den Boden. Knisternd und rauschend ging vor mir die nadelbesetzte Baumkrone nieder und zwang mich zum Ausweichen.

Im Augenwinkel sah ich, dass das riesige Insekt dicht hinter mir den Hang herabrutschte, sein mächtiger Schatten legte sich über mich. Ich zielte auf das Fahrzeug und schoss erneut. Die Borsok war noch einige Meter davon entfernt, als ich offenbar eine sensible Stelle traf und das Gefährt in einem gewaltigen Feuerball aufging. Die Druckwelle schleuderte die Borsok zu Boden, und der erdrückende Hauch des Feuers fegte über mich hinweg.

Ich widerstand dem Drang, mich hinzuwerfen, denn dies wäre mein sicherer Tod gewesen. Ich erreichte das untere Ende des Hangs und hielt auf das brennende Wrack zu. Meine Gedanken rasten und ich überlegte, ob ich Schutz beim Feuer finden konnte. Doch weiter kam ich mit meinen Überlegungen nicht, denn wie aus dem Nichts sprang die Borsok-Kämpferin an mich heran.

Mit archaischer Kraft brachte sie mich zu Boden, schlug ihre Stirn gegen meinen Kopf und riss die Waffe an sich. Meine Nase fühlte sich taub an, doch das musste mir in diesem Moment egal sein. Dumpfes Donnern verriet, wie nah der Käfer war. Ich sah allerdings nur die Borsok, welche die Funktionsweise meiner Waffe zu entschlüsseln versuchte. Ich rappelte mich auf und sah, wie sie die Waffe verzweifelt in den Farn warf. Wenn sie schon sterben musste, wollte sie mich offenbar mit sich in den Abgrund reißen.

Hinter uns knallte es, und ein weiterer Feuerball formte sich über dem Wrack des Borsok-Fahrzeugs. Das aurigische Raubtier ließ sich davon nicht beeindrucken. Mit einem Satz war es bei uns, und während ich seinen tödlichen Fangwerkzeugen durch einen beherzten Sprung erneut auswich, hatte die Borsok-Kämpferin weniger Glück.

Zuerst wurde sie von den kräftigen Vordergliedern niedergeschmettert und nur einen Augenblick später von ihren Dornen aufgespießt. Fauchend führte der Käfer sie an sein Maul heran, bis die schleimigen Kiefer die Borsok packten und in die Mundhöhle transportierten. All das beobachtete ich aus nächster Nähe, als ich wie gelähmt auf der Erde lag.

Erst die mahlenden Kaugeräusche brachten mich wieder auf meine Füße und ließen mich angewidert zurückweichen. Ich floh entlang des Bodens der Senke. Solange das Biest mit der Borsok beschäftigt war, musste ich die Gelegenheit beim Schopf ergreifen! Doch wohin sollte ich fliehen? Kurz blickte ich mich um und musste feststellen, dass mein Vorsprung geringer war, als ich gehofft hatte. Die Beine der Außerirdischen baumelten noch aus dem Maul, doch das Käferwesen kroch bereits hinter mir her.

Ein ordentlicher Adrenalinschub trieb mich bis zu einem vermoderten Baumstamm. Ich überlegte nicht lange, warf mich dahinter und kroch so dicht in seinen Schutz, wie es mir möglich war. Ich schloss meine Augen, als könnte ich die albtraumhafte Kreatur damit vertreiben. Das schnell näher kommende Rumpeln und Rascheln ließ mich meine Lider wieder öffnen, und die plötzlichen Bedenken über die Wahl meines Verstecks hätten mich um ein Haar aufspringen und fortlaufen lassen, wenn nicht der Kopf des Käfers mit einem Mal über mir erschienen wäre.

Ich hielt den Atem an. Von dem mächtigen Wesen mit dem unersättlichen Hunger ging ein summendes Geräusch aus. Ich dachte an Fledermäuse, die Ultraschalllaute aussenden und anhand der Echos Distanz, Größe und Art des Beutetiers aufspürten. Ich presste mich weiter gegen den Stamm, spürte, wie der Rucksack schmerzte und der Gefechtshelm drückte. Meine sich in den Dreck wühlenden Schuhe gaben leise Geräusche ab, und ich betete, dass das Biest nichts davon mitbekam.

Der Stamm in meinem Rücken bewegte sich, und ich stellte mir vor, wie der Käfer in diesem Moment seine Klauen darauf setzte, um darüber hinwegzusteigen. Ich überlegte, ob ich irgendetwas bei mir hatte, das mir helfen konnte. Doch in meinem Rucksack befanden sich nur die Borsok-Maske und ein Haufen Nahrungstüten. Beides war ungeeignet, um mich lebend aus dieser Situation herauszubringen.

Gurrend schob sich der Vorderleib des Käfers immer weiter über mich hinweg, als das Biest plötzlich innehielt. Und dann, völlig unvorbereitet, riss es seinen Kopf herum, und seine Fangwerkzeuge stachen nur eine Handbreit neben mir in das morsche Holz. Ich wich zurück und schrie vor Schreck.

Auf allen vieren kroch ich durch eine Furche entlang des zugewucherten Stamms. Das Monster war dicht hinter mir. Zu dicht! So sehr ich es versuchte, ich kam nicht auf meine Beine. Entkräftet schleppte ich mich aus der Todeszone, hörte und fühlte, wie nur Zentimeter hinter mir die gierigen Glieder des Käfers den Boden aufwühlten.

In einem finalen Aufschrei sprang ich schließlich auf, als Etwas grell leuchtendes über mich hinweg zischte. Mit einem lauten Knall traf das Objekt den aufgerichteten Rumpf des Käfers und fetzte ein mächtiges Loch hinein. Das Biest riss seine Fangwerkzeuge weit auseinander, bevor es schwer in sich zusammenbrach. Dumpf polterte es neben den Stamm und blieb zwischen den Farnen liegen. Ich spürte das Zittern meines Körpers bis in meine Haarspitzen, als ich begriff, dass das Biest tot war. Langsam drehte ich mich um, dorthin, von wo das tödliche Geschoss gekommen war.

Oben auf dem Hang entdeckte ich Piero und seine Leute. Der Wachmann zielte mit dem Granatwerfer in meine Richtung und schien abzuwarten, ob sich das Insekt noch regte.

»Viktor!«, rief Mira.

Erschöpft schleppte ich mich den Hang hinauf und fiel ihr in die Arme. Tränen der Freude rannen über ihr abgekämpftes, blutverschmiertes Gesicht.

»Ich habe die Borsok gesehen, und da haben wir uns versteckt«, schluchzte sie. »Als dieses Monster kam, dachte ich, ich würde dich nie wiedersehen!«

»Ich bin hier«, brachte ich heiser hervor. »Ich bin jetzt bei dir.«

Ich war so erschöpft, ich hätte kotzen können. Dennoch konnte ich meine Fragen nicht zurückhalten.

»Wie haben Sie uns gefunden, Major?«, fragte ich.

Kate Harris hob ihre hellen Augenbrauen. »Soll das ein Witz sein? Bei dem Lärm, den Sie veranstaltet haben ...«

Piero erklärte: »Wir waren nicht weit von euch entfernt. Der Hang fiel nach einigen hundert Metern ab, und als wir Schüsse gehört haben, war es nicht weit bis zu euch. Ein Glück, dass ihr noch lebt. Mira hat schon erzählt, dass es Nicolaides nicht geschafft hat.«

Piero sah mich mit gesenktem Kopf an, während er immer wieder einen misstrauischen Blick auf den erlegten Koloss unten in der Senke warf. Ich dagegen bezweifelte keine Sekunde, dass das Biest tot war.

»Ma'am«, keuchte ich. »Das war eine Patrouille der Borsok. Aber ich bezweifle, dass sie wegen uns hier war.«

»Wie kommen Sie darauf, Mister Ford?«, fragte Harris.

»Die haben am Boden etwas gesucht. Und hätten sie uns verfolgt, wären sie vermutlich nicht zu dritt unterwegs gewesen, sondern mit wesentlich mehr Leuten. Es kann sein, dass sie nach den Aika gesucht haben.«

Harris sah nachdenklich aus. Ich war bereits dabei, mich meiner Erschöpfung hinzugeben und spürte, wie Miras

Hand mich losließ. Ich dachte besser nicht daran, dass es noch gar nicht vorbei war. Dennoch war unbestreitbar, dass ich eine Pause brauchte.

»Viktor, ich glaube, du hast recht mit deiner Vermutung«, sagte Mira plötzlich. »Die Borsok scheinen wegen der Aika hier gewesen zu sein.«

Irritiert sah ich Mira an und wollte sie bereits fragen, wie sie darauf kam. Doch sie erwiderte meinen Blick nicht, sondern starrte gefasst auf eine Stelle neben uns. Einige Wachen wurden sofort nervös, und schnell erkannte ich, was los war.

Etwa zwanzig Meter entfernt standen Aika, und ich brauchte mich nicht umzusehen, um zu begreifen, dass sie uns umstellt hatten.

15

KOUROU

14. September 2083

Der vierstöckige Airbus setzte auf der im Atlantik liegenden Plattform des Flughafens vor Cayenne auf. Nach der Landung brachte ein kleines Shuttle mich und 40 andere Mitglieder der bevorstehenden Auriga-Mission die verbleibenden 60 Kilometer von der Hauptstadt Französisch-Guyanas bis zum ESA-Areal in Kourou. Im Gegensatz zu dem trägen Flugverhalten des gewaltigen Passagierflugzeugs glich dieses Shuttle einem hakenschlagenden Kaninchen. Mich störte die Flugweise des Piloten nicht, aber zwischen Jazmine und mir saß Bronkowicz, dessen Gesicht die Farbe des Dschungels unter uns angenommen hatte.

Ich versuchte, ihn abzulenken. »Hör zu, Marco. Die ausstehenden Materialprüfungen im Zusammenhang mit dem Wirtschaftssystem sind gar nicht so umfangreich.«

»Lass mich in Ruhe, Ford«, presste Bronkowicz hervor. »Sonst kotze ich dich voll.«

Jazmine schaute amüsiert. »Du hast es gehört. Er muss kotzen, wenn er an Arbeit denkt.«

»Glaubst du, ich sollte das auch tun?«, scherzte ich.

»Haha«, kam es von Bronkowicz. »Außerdem können wir die fehlenden Artikel nicht berücksichtigen, solange wir auf die Materialliste von diesen TerraFracto-Idioten warten.«

»Nicht so laut, Marco«, mahnte ich. »Nicht, dass jemand von denen ...«

»Die können ruhig hören, dass die mich nerven!«

Der bärtige Leiter des Besiedlungsprojekts in seinem karierten Kurzarmhemd würgte, konnte sich aber glücklicherweise zurückhalten. Schnell suchte ich in dem Fach vor mir nach einer Tüte, fand eine und reichte sie ihm.

Ich meinte: »Ich kann verstehen, dass ihr alle sauer seid. Ich persönlich hätte den Frachtraum auch lieber mit mehr Maschinen für Erdbauarbeiten beladen anstatt mit Bohrköpfen und Förderanlagen.«

»Haben die das wirklich durchgezogen?«, fragte Jazmine. »In der Zeitung stand nur, dass die ESA immer noch mit TerraFracto um die genaue Frachtmenge streitet.«

»Tun sie immer noch, dabei starten wir in weniger als einem Monat«, sagte ich.

Bronkowicz antwortete nicht. Er war zu sehr damit beschäftigt, seinen Mageninhalt in sich zu behalten. Auch mir war durch die sportliche Flugweise des Shuttles etwas flau im Magen, daher blickte ich aus dem Fenster. Das Shuttle folgte der mit Mangroven bewachsenen Küstenlinie, und während es das schlammig-braune Flussdelta des Kourou River passierte, begann es seinen schwindelerregenden Landeanflug.

Erst als wir aus dem Shuttle stiegen und der feuchtwarme Wind uns auf der asphaltierten Plattform umwehte, normalisierte sich Bronkowiczs Gesichtsfarbe wieder. Benommen starrte er auf den Rand des Flugfeldes, wo die anderen Reisenden zwischen den im Wind schaukelnden Palmen verschwanden und jenseits eines kleinen Empfangsgebäudes zu ihrer Weiterfahrt aufbrachen.

»Keine Ahnung, warum, aber ein Weltraumflug ist weniger nervenaufreibend«, murmelte er.

Es war kein typischer Sonnentag, wie man ihn in diesen Breitengraden erwarten würde. Weit draußen über dem Meer kündigten dunkelgraue Wolken einen launischen Tropensturm an. Die ersten Wogen erreichten bereits die Küste und trugen die Wärme über die grünen Wipfel des Küstenwaldes zu uns.

»Vielleicht hättest du nicht so viele Schinkenbrötchen essen sollen«, neckte ich.

»Ach komm, hör auf, Ford!« Bronkowicz kämpfte sich mühsam auf. »Fang jetzt bloß nicht wieder damit an, dass es unklug ist, Tiere zu essen.«

»Wie du meinst«, sagte ich und klopfte ihm auf die Schulter. Gemeinsam mit Jazmine gingen wir zum Empfangsgebäude hinter den Palmen, und keine zehn Minuten nach unserer Ankunft saßen wir bereits in einem der offenen Geländewagen. Das klobige Fahrzeug bot Platz für insgesamt 12 Personen in vier Reihen und schaukelte wie eine Achterbahn auf den schmalen, gewundenen Straßen durch den Regenwald.

Dadurch, dass der füllige Leiter des Besiedlungsprojekts erst einmal wieder Herr über seinen Körper werden musste, fanden er, Jazmine und ich uns allein auf den hinteren Sitzbänken. Alle anderen Missionsteilnehmer waren schon längst abgefahren. Der schmächtige Fahrer mit der blauen ESA-

Baseballkappe schwieg und hörte französischsprachige Rap-Musik, während er uns durch den Dschungel kutschierte.

»Weißt du, woran ich gerade denke, Jazmine?«, fragte ich die Astrophysikerin, die vor Bronkowicz und mir saß.

»An diese Kleine aus der Satellitenentwicklung?«, erwiderte Jazmine. »Gib zu, die hättest du gern geheiratet. Ihr wart so süß zusammen.«

Ich ließ den Seitenhieb unbeachtet. »TerraFracto als Rohstoffunternehmen steht stellvertretend für den Raubbau, den wir Menschen an der Erde betreiben. Schau dich um. Jedes Mal, wenn ich hier bin, erkenne ich, wie schön die Erde sein kann. Und wie sehr wir Menschen sie durch unser Handeln zerstören.«

Jazmine sah mich an, überrascht darüber, dass mir die Angelegenheit mit Catherine, der ›Kleinen aus der Satellitenentwicklung‹, überhaupt nicht unangenehm war. Ich stand eben zu meinen zahlreichen Liebschaften.

Das Geländefahrzeug bog in eine enge Rechtskurve ein, die der Fahrer mit beeindruckender Gelassenheit meisterte. Ich überzeugte mich sicherheitshalber davon, dass Bronkowicz dieses Manöver übelkeitsarm überstand.

»Das ist in der Tat eine bedauerliche Sache, Viktor«, stimmte Jazmine zu, nachdem das Geschaukel des Wagens abgeklungen war. »Ich meine, jeder von uns wünscht sich eine intakte Umwelt, aber die wenigsten kehren vor ihrer eigenen Tür. Da kannst du noch so laut schreien. Die meisten Menschen durchleben erst dann einen Sinneswandel, wenn ihr Haus längst brennt. Aber ich glaube, das muss so sein.«

»Glaubst du wirklich?«, fragte ich. »Ich kann mir nicht vorstellen, dass Menschen so wenig Weitsicht haben.«

Jazmine lächelte. »Aber du kennst doch sicher einige

Leute, die man zumindest als beschränkt bezeichnen könnte.«

Ich sah sie an, und spürte dabei den Fahrtwind im Gesicht und in den Haaren.

»Siehst du?«, sagte Jazmine schließlich. »Und weißt du, Viktor. In 100.000 Jahren juckt es sowieso niemanden mehr, was wir mit der Erde angestellt haben.«

»Das ist aber eine ziemlich negative Einstellung«, bemerkte ich.

»Mir gibt das Hoffnung«, erklärte die Astrophysikerin. »Natürlich denke ich, dass die Menschen immer noch die Möglichkeit haben, etwas zu ändern. Sie müssen es nur wollen. Es gibt nur eine Erde, und die Menschen sollten sie schützen.«

Der Fahrer lenkte das Geländefahrzeug einen Hang hinauf, und ich wusste, dass wir bald das Tor zum ESA-Gelände erreichen würden. Jazmine kratzte sich am Hals. Das tat sie immer, wenn sie nervös war.

»Warum bist du dir so sicher, dass es nur eine Erde gibt?«, fragte ich.

»Weil es so ist«, war die schlichte Antwort.

»Findest du?«, fragte ich überrascht. »Ich meine, du bist Astrophysikerin. Es wäre doch möglich, dass es eine zweite oder sogar eine dritte Erde gibt. Wir sind bald auf dem Weg nach Auriga. Als Exoplanet ist er ja streng genommen schon eine zweite Erde.«

»Streng genommen, nein«, klärte Jazmine mich schnell auf, begleitet von Bronkowiczs Lachen, der sichtlich Spaß an unserem Gespräch hatte. »Auriga ist ein Wüstenplanet. Der ist so tot wie der Mars, nur mit dem Unterschied, dass es eine Atmosphäre gibt und der Himmel blau ist. Unter einer

›zweiten Erde‹ verstehe ich einen Exoplaneten, der die allermeisten Eigenschaften unserer Erde besitzt. Und die Wahrscheinlichkeit, einen solchen Planeten in unserer 300 Milliarden Sterne umfassenden Galaxie zu finden, ist, wie du dir vielleicht denken kannst, ziemlich gering.«

»Und die Wahrscheinlichkeit, dass auf einem solchen Planeten eine Spezies existiert, die alles ruiniert, ist ziemlich hoch«, fügte Bronkowicz treffend hinzu.

Ich dachte über das, was Jazmine gesagt hatte, nach, als wir in das Gelände der europäischen Raumfahrtagentur einfuhren. Es war bereits mein fünftes Mal, dass ich von hier zum Atlanta Space Port hinaufflog, und langsam bekam ich eine Vorstellung von den gigantischen Ausmaßen dieses Areals. In der großzügigen Parkbucht des Abfluggebäudes entließ uns der hagere Fahrer. Sein Lächeln war zwar zahngesundheitlich nicht lückenlos dafür aber freundlich.

Jenseits einer üppigen Grünfläche erblickte ich die vier gewaltigen Starttürme mit den STAR-Raumfähren. Obwohl ich nicht der sentimentale Typ war, wurde ich bei jedem Verlassen der Erde nachdenklich. Was, wenn ich diesen Planeten nie wiedersehen würde? Die Mission nach Auriga würde mehrere Jahre dauern, aber es gab unzählige Herausforderungen und Risiken, insbesondere beim Sprung durch das Wurmloch. Dieser erste bemannte Raumübergang hatte in den Medien solch eine Aufmerksamkeit erhalten, dass die Menschheit mit großer Erwartung und Aufregung auf dieses Ereignis wartete. Doch durch Gespräche mit Jazmine wusste ich, dass dieser Sprung alles andere als ausgemachte Sache war. Ein spitzer Ellenbogen stieß in meine Rippen und ich zuckte zusammen.

Jazmine zwinkerte mir zu. »Verliebst du dich gerade in

die Raumfähre, oder warum starrst du so verträumt da rüber?«

»Nein«, antwortete ich abwesend. »Ich habe nur so ein komisches Gefühl.«

»Komm schon, oder möchtest du auf der Erde bleiben?«

16

DER ZWEITE KONTAKT

4. Januar 2084

Wie die langsam erstickende Flamme einer Kerze, schwand das Licht der aurigischen Sonne. Obwohl sie noch hoch genug am silbrig-blauen Himmel stand, würde es nicht lange dauern, bis sie hinter den nahen Felsen verschwand. Etwa zwei Dutzend Aika führten uns durch den dichten Urwald, und die Vorstellung, diesen Wesen, über die wir so wenig wussten, schutzlos ausgeliefert zu sein, erfüllte mich mit einem gewissen Unbehagen.

Natürlich würde Kate Harris darauf hinweisen, dass dies meine Absicht gewesen war, die Aika zu treffen. Trotzdem hätte ich es vorgezogen, diesen humanoiden Außerirdischen nicht im hereinbrechenden Dunkel zu begegnen, sondern im Tageslicht in ihrer Siedlung.

»Ich zähle 26«, flüsterte Piero seiner Chefin so laut zu, dass sogar ich es hören konnte.

»Das bringt uns gar nichts«, sagte ich. »Die haben unsere

Waffen. Und das Messer an deinem Fußgelenk wird uns auch nichts nützen.«

»Harris hat auch eines«, bemerkte der Wachmann.

Kate Harris, die vor mir durch das unwegsame Gelände stapfte, schüttelte kaum merklich den Kopf, sodass Piero es nicht bemerkte.

»Ma'am«, sagte ich, »ich denke, Sie könnten es als positives Zeichen deuten, dass sie uns bisher am Leben gelassen haben.«

»Ich weiß, Mister Ford. Ihren Optimismus kann nichts erschüttern.«

»Selbst wenn der erste Kontakt in die Hose gegangen ist, glaube ich, dass auch sie dazugelernt haben. Die Aika sind eine intelligente humanoide Spezies. Sie sind nicht irre.«

»Sie meinen, so wie die andere humanoide Spezies, die uns verfolgt?«, fragte Harris spöttisch.

Langsam wurde ich ärgerlich. »Kommen Sie schon, Harris. Seien Sie realistisch. Selbst wenn Sie kein Interesse am Dialog haben, halten Sie zumindest Ihre Leute davon ab, dumme Entscheidungen zu treffen.«

Harris drehte sich giftig zu mir um. »Seit wann erteilen Sie mir Befehle?«

»Das ist kein Befehl, sondern eine Warnung.«

Kate Harris hob eine Augenbraue, als wäre sie von meiner Antwort beeindruckt. Doch während ich gehofft hatte, dass sie darauf reagieren würde, geschah das genaue Gegenteil. Sie drehte sich nach vorn und setzte schweigend ihren Weg fort.

»Lass sie, Viktor«, hörte ich Mira sagen.

Ich verlangsamte meinen Schritt und ließ Alhaadi an mir vorbeigehen, um zu Mira zu gelangen. Die Anstrengung, mit der wir uns einen Hang hinauf quälten, ließ ihr den Schweiß auf die Stirn treten. Die Aika marschierten neben uns, ihre charakteristischen chromfarbenen Gewehre in den Händen, und dadurch, dass sie immer wieder vom dichten Pflanzenwuchs verdeckt wurden, kam es mir so vor, als würden wir nicht eskortiert werden.

Trotz der unklaren und in gewissem Maße bedrohlichen Lage machte ich mir größere Sorgen um Harris als um die Aika.

»Was hast du vor, wenn wir hier rauskommen?«, fragte Mira so leise, dass nur ich es hören konnte. »Und sag jetzt nicht, du möchtest die Zeit mit mir im Bett verbringen.«

»Nun ja, ich hatte mich eigentlich schon darauf eingestellt, zwei Jahre hier auf Auriga zu siedeln«, antwortete ich. »In einer trostlosen Wüstenkolonie zu leben und dafür zu sorgen, dass der Laden läuft. Ich habe mir vorgestellt, einer der ersten Siedler auf Auriga zu sein und mich in die Riege der Weltraumpioniere einzureihen. Aber jetzt gelte ich offiziell als der erste Mensch, der Auriga betreten hat. Das ist ziemlich verrückt.«

»Das beantwortet nicht meine Frage«, sagte Mira, ohne mich anzusehen.

»Ich wollte nur sagen, dass mir die letzten Wochen meiner Meinung nach genug Weltraumerfahrung und Anerkennung eingebracht haben. Ich sehe mich nicht mehr als Kolonist auf diesem Planeten. Außerdem sind mir die Mücken hier zu groß.«

Ich erkannte sofort, wie geschmacklos mein Witz war. Doch es half nichts. Miras ernster Blick traf mich voll.

»Sorry, war ein schlechter Scherz«, versuchte ich mich zu entschuldigen.

»Die wenigsten wollen wohl hier siedeln, nach allem, was

vorgefallen ist«, seufzte Mira. »Ich will auch nur noch nach Hause.«

»Nach Pals?« Meine Gedanken schweiften ab. »Die Costa Brava scheint ein nettes Fleckchen Erde zu sein. Ich könnte mir vorstellen, mit dir zu gehen.«

»Könntest du?«

»Ich würde es mir sogar wünschen, Mira«, gestand ich und erschrak über meine eigene Offenheit.

Ein verlegenes Lächeln huschte über Miras Gesicht, und für einen Moment schien die ganze Misere, in der wir steckten, weniger düster.

»Das wäre schön«, antwortete sie mit plötzlich ernster Miene.

Ich konnte sehen, dass Mira noch etwas hinzufügen wollte, doch sie hielt sich zurück. Wir beide wussten, dass die Chancen, jemals zur Erde zurückzukehren, gegen Null tendierten. Dennoch wagte ich davon zu träumen, denn eine gemeinsame Zukunft war das, was mich antrieb.

Die Aika führten uns den Hang hinauf zwischen schroffen Felskämmen, die so nah beieinanderstanden, dass ich sie mit ausgestreckten Armen berühren konnte. Schließlich erreichten wir den Eingang einer Höhle. Ein Gefühl der Beklemmung und Angst überkam mich, und ich konnte mir vorstellen, dass es allen anderen genauso ging. Entgegen meiner Befürchtungen war die Höhle kein pechschwarzer Höllenschlund, sondern ein von sandigem Boden leicht abfallender Korridor, welcher von in dichtem Abstand installierten Lampen erhellt wurde.

Niemand sagte ein Wort, als die humanoiden Wesen uns tiefer in das Labyrinth der Höhle führten. Vorbei an bewaffneten Wachposten der Aika, technischen Apparaturen und Kavernen, in denen etliche Aika beschäftigt waren, wurde mir zunehmend klar, dass wir uns in ihrem Versteck befanden. Die neugierigen Blicke der Außerirdischen mit ihren großen Augen und ihren schmalen Gesichtern ruhten auf uns, begleitet von einem fremden Flüstern, wenn wir an ihnen vorbeigingen. Schließlich gelangten wir in eine weitläufige Halle, und das, was sich dort befand, verschlug nicht nur mir die Sprache.

»Das ist unmöglich!«, staunte Kate Harris. »Was macht Explorer 2 hier unten?«

Es war mir völlig unverständlich, wie die Aika unser vor fünf Wochen abgeschossenes Shuttle an diesen Ort transportiert hatten. Fakt war, dass Explorer 2 direkt vor uns lag, von zahllosen Lichtern erhellt, die die zerstörte Schiffshülle in ein eisig blaues Licht tauchten.

»Seht ihr das?«, fragte ich. »Die haben das Schiff zerlegt.«

»Haben sie nicht«, sagte Alhaadi, der vor mir schritt. »Das, was da aus den Technikklappen ragt, sind nicht die Eingeweide des Shuttles. Es sieht aus, als hätten die Aika etwas daran angeschlossen. Als würden sie unsere Technik analysieren. Reverse Engineering, oder so.«

Tatsächlich hatte Alhaadi recht. Jetzt erkannte ich, dass das Durcheinander von Kabeln von verschiedenen technischen Stationen, die im Halbkreis um Explorer 2 aufgestellt waren, zum Schiff hin abführten. Einige Aika standen dort, und hatten ihre Arbeit unterbrochen, um uns ausgiebig zu betrachten. Einer von ihnen sagte etwas Unverständliches, und es schien, als spräche er uns direkt an.

Unsere Reise durch Aurigas Unterwelt endete in einer weiteren großen Halle. Die dort aufgestellten Konsolen erinnerten mich an die Brücke der Sirio, jedoch in einer futuristischeren Umgebung, die durch die schroffen Höhlenwände gleichzeitig steinzeitlich anmutete. Es war ein surreales Bild.

Hinter den Konsolen erstreckte sich ein freier Bereich, in dem fünf Aika auf uns zu warten schienen. Man brauchte kein Profi zu sein, um zu erkennen, dass sie die Anführer waren. Die Außerirdischen trugen elegante Einteiler, die im kühlen Licht blauer erschienen, als sie wahrscheinlich in Wirklichkeit waren. Die Aika standen nebeneinander, wobei der mittlere seine flache Hand neben seinem Gesicht hielt.

Die 18 Mitglieder unseres Teams verteilten sich respektvoll im Raum, und mir entging nicht, dass unsere bewaffnete Eskorte sich um uns herum positionierte. Dr. Esposito trat vor und kurz nach ihm tat es auch der Aika mit der erhobenen Hand. Es herrschte eine Totenstille in der Höhle. Selbst die Computer und Konsolen hinter uns schienen den Atem anzuhalten. Der Aika stand regungslos da, als würde er abwarten, was geschehen würde. Dr. Esposito tat dasselbe, und ein eisiger Schauer lief über meinen Rücken, als der Aika plötzlich seinen Mund öffnete und mit kehliger Stimme sagte: »Mensch.«

Auch der Leiter der Xenolinguisten schien von dieser Begrüßung überrascht zu sein, denn es dauerte einige Sekunden, bis er antwortete: »Aika.«

Ich spähte zu den Wachen, und mir fiel auf, dass Kate Harris Blickkontakt zu jedem von ihnen suchte. Ihr Ausdruck wirkte deeskalierend, und ich hoffte, dass ich ihre Absicht richtig interpretierte. In der gegenwärtigen Situation konnten wir uns einen derart katastrophalen Ausgang wie bei unserer ersten Begegnung nicht erlauben.

Der Anführer der Aika sprach einige Worte, von denen ich ›Aika‹ verstehen konnte. Mit seiner feingliedrigen Hand vollführte er eine zeigende Geste über uns hinweg, dorthin, wo sich die Steuerkonsolen befanden. Eine Handvoll Techniker stand dort und mit einem Mal erklangen aus dieser

Richtung Worte, die sich irritierend vertraut und zugleich befremdlich anhörten.

»Du Mensch. Wir Aika«, drang die bekannte weibliche Stimme unseres Schiffssystems durch die Höhle.

»Oh mein Gott«, hauchte Mira.

Ihr Ausruf stand vermutlich stellvertretend für die Überraschung aller.

Dr. Espositos intensiver Blick richtete sich auf mich. »Es scheint, als hätten sie eine Art Übersetzer entwickelt.«

Plötzlich wurde mir klar, was die Manipulationen an Explorer 2 bedeuteten.

Ich erklärte: »Sie haben das Bordelektroniksystem des Shuttles angezapft, um unsere Sprache zu erlernen.«

Der Aika-Anführer schien unsere Reaktion abzuwarten. Auf seiner Brust fiel mir ein goldfarbenes Abzeichen auf. Es besaß die Form eines schmalen Rings, aus dessen Mitte sich Strahlen wie bei der Sonne in alle Richtungen ausbreiteten, doch seine Bedeutung blieb mir verborgen. Ebenso wie die Narbe in seiner linken Gesichtshälfte. Ich fragte mich, ob sie von einem Tier auf Auriga, einem internen Machtkampf oder einem Unfall auf der Aika-Erde stammte.

Dr. Esposito räusperte sich und sagte: »Wir sind Menschen. Wir möchten zurück nach Hause.«

Der Aika-Anführer nahm die schlichten Worte des Xenolinguisten ohne sichtbare Reaktion zur Kenntnis, und Sekunden später erklangen fremde Laute hinter uns.

Esposito bemerkte: »Sie übersetzen meine Worte. Das ist erstaunlich.«

Der Aika neigte leicht den Kopf und begann zu sprechen. Die Dauer seiner gesprochenen Worte überraschte mich, und ich fragte mich, ob die rudimentäre Übersetzungsmaschine es schaffte, die Informationen so präzise in die menschliche Sprache zu übertragen, dass keine Missverständnisse auftraten. Schließlich erklang erneut die Stimme unseres Schiffssystems.

»Wir Aika. Nach Hause fliegen. Wir Tor bedienen. Bevor Zuhause, Borsok kommen. Borsok Tor besitzen. Hilfe kommen.«

Kate Harris fragte: »Hilfe? Bedeutet das, dass sie Verstärkung erwarten? Esposito, fragen Sie nach, wann diese Hilfe eintreffen soll. Das könnte unsere Gelegenheit sein, das Portal zu befreien.«

Der Xenolinguist wandte sich Kate Harris zu, aber sein Gesichtsausdruck ließ vermuten, dass er nicht vollständig mit ihrer Forderung einverstanden war. Stattdessen sagte er: »Wir müssen durch das Tor nach Hause.«

Ich war erstaunt über die Stille in der Höhle. Etwa 50 Individuen waren hier versammelt, und trotz der brisanten Lage riss sich jeder von ihnen am Riemen. Allen voran Kate Harris und ihre Cowboys.

Die Maschine übersetzte und nachdem der Aika geantwortet hatte, sagte sie: »Tor besetzt. Borsok Schiffe dort liegen.«

Dima Ivanovs aufgeregtes Atmen fiel mir auf. Sein Blick wanderte fast manisch zwischen Dr. Esposito, Kate Harris und dem Aika-Anführer hin und her. Der Außerirdische fügte seiner vorherigen Aussage noch etwas hinzu, und die Maschine in unserem Rücken übersetzte: »Wenn Hilfe kommen, Aika nach Hause fliegen. Tor schließen.«

»Ich wusste es«, brach es aus Ivanov heraus. »Die Aika wollen das Dimensionsportal zerstören. Doktor, sagen Sie ihnen, dass wir vor ihnen durch das Portal müssen, sonst sitzen wir hier fest.«

Doch Esposito ging nicht auf den Astrophysiker ein, sondern fragte: »Gibt es ein zweites Tor?«

»Ja«, verkündete der Übersetzer. »Zweites Tor bei Zuhause Aika. Zweites Tor vernichten, Aika sicher.«

»Wenn es ein zweites Portal gibt, dann befinden wir uns in der Dimension der Aika«, mutmaßte ich.

»Da wäre ich mir nicht so sicher«, kommentierte Ivanov. »Doktor Esposito, bitte! Machen Sie sie darauf aufmerksam, dass wir auf jeden Fall vor ihnen durch das Tor fliegen.«

Esposito konnte nicht mehr antworten. Ein bedrohliches Grollen durchlief die Felsen und erfüllte die Höhle. Das Licht flackerte, der Boden unter den Konsolen erbebte. Der Aika-Anführer blickte zu seinen Artgenossen, hob die Hand. Plötzlich sprachen sie wild durcheinander, und eine düstere Ahnung keimte in mir auf.

Der Aika-Anführer trat überraschend agil auf uns zu und begann zu sprechen, als ob wir seine Sprache beherrschten. Aber auch ohne die Übersetzung verstand ich, was er sagte, denn es war nur ein einziges Wort.

»Borsok!«

17

DAS FREMDE SCHIFF

Die Aika hatten urplötzlich jedes Interesse an uns verloren. Der bewaffnete Trupp verließ die Kommandozentrale, und wir wurden zusammen mit der Aika-Führungsriege zurückgelassen. Während das Beben andauerte, schlossen die Aika-Techniker die Konsolenklappen, und mir war sofort klar, dass sie ihr Versteck aufgaben. Der Anführer und seine Begleiter zogen mit einem Mal wortlos an uns vorbei.

»Unternehmen Sie etwas, Esposito!«, forderte Kate Harris energisch. »Sie können uns hier nicht einfach stehen lassen!«

»Das sehen Sie doch, dass sie das können, verdammt!«, schnauzte Esposito.

»Wir müssen hier raus«, sagte ich. »Wenn die Borsok die Höhle attackieren, haben wir ein großes Problem.«

»Und wo, schlägst du vor, sollen wir hin, Ford?«, fragte Piero.

»Zumindest würde ich ungern hier drinnen bleiben«, antwortete ich.

Kate Harris stimmte mir zu. Mit einem knappen Befehl ordnete sie den Rückzug an, und wir stürmten dicht gedrängt hinaus ins Höhlenlabyrinth. Ein seltsames Piepen ertönte, wie der schrille Alarm einer Sirene. Bewaffnete Aika liefen durch die Gänge, schenkten uns jedoch keinerlei Beachtung.

Piero schien den Weg besser im Gedächtnis zu haben als ich, denn wir erreichten rasch die Halle mit Explorer 2. Die Aika waren bereits dabei, die Technik am Schiff zu demontieren, als plötzlich rote Laserstrahlen durch das kühle Licht schnitten.

»In Deckung!«, schrie ich.

»Sie sind in der Höhle!«, brüllte Piero. »Wir brauchen sofort Waffen!«

Wir versteckten uns hinter dem Shuttle. Die roten Lichtstrahlen zischten, fraßen sich knisternd in die Hülle. Ich riskierte einen Blick unter dem Rumpf des Shuttles am Landegestell vorbei. Zahlreiche Aika gingen zu Boden, und ich sah die ersten Borsok in die Halle eindringen.

Ich fragte: »Piero, kommt ihr an die Gewehre der Aika ran?«

Der muskulöse Wachmann kniete sich neben mich. »Wenn die erste Welle der Borsok durch ist, haben wir zumindest den Hauch einer Chance.«

»Und wann ist dieser Moment?«

»Jetzt!«

Ohne zu zögern, sprang Piero auf, gefolgt von einigen seiner Leute. Ich tat es ihnen gleich.

»Nein, Viktor! Nicht!«, rief mir Mira hinterher.

Doch ich konnte die anderen unmöglich allein die Drecksarbeit erledigen lassen. In einer Linie verließen wir den Schutz des Shuttles, gerade als die Borsok an der gegenüberliegenden Wand in den Tunnel zur Kommandozentrale verschwanden. Von rechts, dort wo es meiner Ansicht nach hinaus ging, entdeckte ich weitere Schatten.

»Ich sehe sie!«, rief ich. »Sie nähern sich!«

»Ich weiß«, flüsterte Piero.

Seine Männer erreichten die niedergeschossenen Aika, entrissen ihnen die Waffen. Auch ich ergatterte eines der Gewehre. Es war Sekundenbruchteile vor der Ankunft des zweiten Borsok-Trupps. Unvermittelt feuerten Piero und seine Leute ihnen grellblaues Lasergewitter entgegen. Bevor sie reagieren konnten, stürzten einige von ihnen getroffen zu Boden. Die Übrigen verschanzten sich im Tunneleingang und erwiderten das Feuer. Ein Mann von Pieros Team wurde von einem feindlichen Laser getroffen. Wortlos glitt er aus und versank im Schatten.

Piero rief: »Lynn! Schnapp dir seine Waffe. Ford, zurück zum Shuttle mit dir!«

Ich gab ein paar Schüsse ab, traf jedoch nur den Sturz des Durchgangs. Dann entzog ich mich den todbringenden roten Strahlen. Das Licht in der Höhle flackerte unheilvoll, und mir war klar, dass alles, was von der Beleuchtung noch funktionierte, bald zusammenbrechen würde. Mit schnellen Schritten über den staubigen Boden erreichte ich erneut den Schutz von Explorer 2.

»Es gibt einen zweiten Ausgang«, erklärte Dr. Esposito und deutete hinter sich. »Schnell!«

»Dann nichts wie raus hier«, rief ich. »Wenn wir schon nicht zurück zur Erde können, möchte ich zumindest das hier überleben!«

Von unserer Position aus verdeckte das Shuttle die Sicht auf die Borsok und die kämpfenden Wachen. In dem Durchgang direkt hinter uns erkannte ich gerade so ein schwaches Licht. Nacheinander liefen wir auf den zweiten Tunnelausgang zu und verschwanden in seinem Inneren. Blaue Lichter hingen in großem Abstand an den Felswänden, und ihr grenzenlos finsterer Zwischenraum wirkte auf mich, als gäbe es dort nichts außer der Unendlichkeit des Alls.

Ich war einer der Letzten, und dicht hinter mir hörte ich Schüsse. Die Borsok würden uns auf den Fersen sein, sobald Piero und die anderen ihre Stellung aufgaben, so viel wusste ich.

»Die finden uns nie!«, rief Mira, die vor mir lief.

»Lauf weiter. Piero und die anderen werden schon kommen!«

»Oh Gott!«, hörte ich plötzlich Ivanovs dünne Stimme. »Ich weiß, was sie vorhaben!«

Mit voller Wucht rammte ich mit meiner linken Schulter einen hervorstehenden Felsen. Ich wollte aufschreien, doch Ivanovs Worte machten mir Sorgen.

»Was?«, presste ich hervor.

»Ich muss es am Computer überprüfen«, drang aus dem dämmrigen Licht vor mir.

»Na, wenn du nichts Besseres in so einer Situation zu tun hast«, erwiderte ich.

Nach zahlreichen Biegungen und über unebenen Grund erreichten wir schließlich einen Ausgang. Die tropische Luft fegte über uns hinweg sowie der Lärm von gewaltigen Maschinen und von Lasergefechten. Das warme Abendlicht blendete mich wie ein Feuer in tiefster Nacht, und als sich meine Augen an die Helligkeit gewöhnten, wurde mir klar, wie aussichtslos unsere Lage war. Wir befanden uns am Rand eines schmalen Felsplateaus und blickten auf ein erschütterndes Schlachtfeld.

»Die greifen das Versteck der Aika im großen Stil an«, sagte ich. »Seht euch all diese Landeschiffe an.«

»Ich sehe sie«, bestätigte Kate Harris, die an der Felskante stand. »Etwa zwei Dutzend Schiffe sind gelandet. Die Kreuzer sind anscheinend zu groß dafür. Gott, sehen die beängstigend aus.«

»Ma'am!«, rief Mira. »Was machen wir jetzt?«

Kate Harris drehte sich zu uns um. Ich zählte acht Männer und Frauen in unserer Gruppe, und ich befürchtete, dass nicht viele hinzukommen würden. Hinter der drahtigen Leiterin des Sicherheitsdiensts erstreckte sich die hügelige Dschungellandschaft, über der zwei gewaltige Borsok-Kreuzer schwebten wie gigantische Spinnen über ihrer Beute. Ein längliches Schiff näherte sich von oben. Seit der Rettung der Sirio vor vier Wochen wusste ich, dass es sich um ein Schlachtschiff der Aika handeln musste. Dies musste die Verstärkung sein, von der die Aika gesprochen hatten. Rote und blaue Laserstrahlen schossen immer wieder zwischen den Baumwipfeln hervor, trafen die pechschwarzen Kreuzer oder verloren sich im aufziehenden Dunst der beginnenden Dämmerung.

Kate Harris wollte gerade sprechen, als plötzlich Schreie und hastige Schritte aus dem engen Höhleneingang hinter uns drangen. Das Erste, das ich in der Öffnung sah, war Pieros blutüberströmtes Gesicht. Mit schmerzverzerrter Miene sprang er ins Freie und blickte sich hektisch um. Zwei Wachfrauen liefen dicht hinter ihm. Ihre Blicke waren starr, während sie uns unter ihren Gefechtshelmen musterten.

»Sind das alle?«, erkundigte sich Harris besorgt.

Doch Piero gab keine Antwort. In ihm lief sein Notfallprogramm, der Überlebensinstinkt beherrschte ihn vollkommen. Als erfahrener Nahkämpfer konnte ich mir nur ansatzweise vorstellen, welches Grauen er gerade erlebt hatte.

»Sie kommen!«, meldete eine der Frauen atemlos. »Wir müssen hier weg!«

»Aber wohin?«, jammerte Alhaadi. »Seht euch das an! Sie sind überall. Wie zum Teufel sollen wir aus diesem Schlamassel entkommen?«

Ich biss die Zähne zusammen und richtete mein Gewehr auf den Ausgang. Bisher war dort noch nichts zu sehen, nur ein paar Lianen bewegten sich sanft im kühlen Windhauch der Höhle.

»Leute!«, rief plötzlich Ivanov.

In all dem Chaos hatte ich den kleinen Astrophysiker fast vergessen. Ich war ehrlich gesagt überrascht darüber, wie gut er in dieser Situation mitgehalten hatte. Vielleicht hatte ich seine körperliche Fitness unterschätzt. Widerwillig lenkte ich meinen Blick vom Höhleneingang ab und trat näher zu ihm heran. Doch was er in diesem Moment tat, irritierte mich zutiefst. Als hätten wir alle Zeit der Welt, saß er am Rande der Gruppe, sein Notebook auf dem Schoß, und deutete auf eine Stelle des Bildschirms.

»Was zum Teufel tust du da?«, fragte ich.

»Ich analysiere die Portal-Daten«, stieß er keuchend hervor.

»Wir haben ja keine anderen Sorgen«, bemerkte ich.

»Werd' nicht zynisch, Ford. Mir kam nur eine ganz miese Vermutung. Und alles, was ich hier gerade sehe, bestätigt diese.«

»Können wir das bitte später klären? Wir müssen hier weg!«, forderte die Wachfrau erneut.

»Alles klar!«, rief Kate Harris. »Wir verstecken uns im

Wald unten. An dieser Stelle hier drüben geht es moderat bergab.«

Ivanov starrte mich noch einen Moment lang an, dann klappte er sein Notebook zu, verstaute es in seinem Rucksack und erhob sich schwerfällig. Wilde Schreie drangen plötzlich an mein Ohr.

Im nächsten Moment zischten rote Laserstrahlen aus der Höhle heraus. Sie trafen die Wachfrau, die uns vor der heranrückenden Gefahr gewarnt hatte. Unter schrecklichen Schmerzensschreien drehte sie sich um, feuerte blindlings auf die sich nähernden Schatten. Dann brach sie zusammen und blieb liegen. Piero hatte blitzschnell seine Waffe im Anschlag, feuerte. Auch ich hob mein Aika-Gewehr und drückte ab. Ein gleißender Laserstrahl durchbohrte den pechschwarzen Kampfanzug des vordersten Borsok. Die Wucht des Treffers schleuderte ihn zurück in den Höhlenschatten.

»Los, jetzt!«, schrie Kate Harris. »Wir müssen hier weg!«

Piero und zwei andere sicherten unseren Rückzug. Mir entging nicht, dass die verletzte Wachfrau zurückblieb. Ich war mir sicher, dass sie noch am Leben war. Die Qualen, die ihr in den kommenden Minuten bevorstanden, wollte und konnte ich mir nicht ausmalen. Vielleicht war es das Beste, wenn die Borsok, die aus der Höhle strömten und sich über das Plateau verteilten, ihr ein schnelles, schmerzloses Ende bescherten.

»Sie verfolgen uns nicht!«, meldete Piero, als wir in den Schutz der hohen Bäume eintauchten.

So weit ich das durch die verhältnismäßig lichte Umgebung sehen konnte, führte Kate Harris die Gruppe an, und ich konnte nur vermuten, wohin sie uns brachte. Mira und Ivanov liefen neben mir.

»So, Dickerchen!«, presste ich hervor und sprang über

eine dicke Wurzel. »Was sollte das?«

»Willst du persönlich werden, Ford?«, ächzte Ivanov. »Ich habe die Emissionsprofile analysiert, und es ist so, wie ich befürchtet habe. Die Reihenfolge der Profile entspricht zu 100 Prozent der des vorherigen Wurmlochs. Die Dauer allerdings ist deutlich kürzer.«

»Ja und?«, warf ich ein.

»Anhand der beim letzten Wurmloch gesammelten Daten kann ich errechnen, wann der Durchgang zur Erde offenstehen wird. Bevor du fragst, es wird in etwa vier Stunden soweit sein.«

Ein dicker Farn klatschte in mein Gesicht, als wir die Sohle des Hangs erreichten. Das Grollen der nahen Schlacht drang durch das dichte Grün zu uns, und Kate Harris blickte sich nervös um. Piero schloss mit großen Schritten zu uns auf.

»Welche Bewandtnis hat Ihre Aussage, Mister Ivanov«, fragte Harris atemlos.

»Die Aika.« Der Wissenschaftler rang nach Luft. »Sie haben gesagt, die Borsok würden ihre Schiffe vor dem Portal positionieren. Das könnte ein Hinweis darauf sein, dass sie hindurchfliegen wollen.«

»Ja, vielleicht wollen sie zurück in ihre Ursprungsdimension«, mutmaßte ich.

»Nein, Ford«, entgegnete Ivanov entschieden. »Die Ursprungsdimension der Borsok kann ich auf ein bestimmtes Intervall innerhalb des aktuellen Zyklus zurückführen. Das deckt sich so ziemlich mit dem Moment, in dem wir das erste Mal die Positionsdaten des Kreuzers aufgefangen haben, der uns am Auriga-Mond angegriffen hat.«

»Das heißt, die Borsok wollen in eine andere Dimension«, bemerkte Mira.

Ivanov blickte düster in die Runde. Die erschöpften

Gesichter der anderen zeugten davon, dass sie Mühe hatten, dem Wissenschaftler zu folgen. Bei mir verhielt es sich anders – Jazmine war eine gute Lehrmeisterin gewesen.

»Sie wollen zur Erde«, sprach ich es aus.

Kate Harris stemmte die Hände in die Hüfte und blickte in die Baumkronen.

»Ha!«, lachte sie spöttisch. »Das ist absurd!«

Das Donnern einer heftigen Explosion durchzog das Unterholz, wovon selbst die dicksten Blätter erzitterten.

»Das ist nicht absurd, Ma'am«, sagte Ivanov in seiner typisch distanzierten Weise. »Es mag nur nicht sonderlich logisch erscheinen. Dennoch liegen die Fakten auf der Hand.«

»Fakten?«, fragte Harris. »Wir beziehen diese Informationen von einem simplen Übersetzungsgerät einer fremdartigen Spezies, die unsere Sprache kaum begreift.«

Ivanov erwiderte: »Wir müssen uns an dem festhalten, was wir wissen.«

»Es ist logisch«, sagte ich. »Die Borsok brauchen einen neuen Planeten. Ich haben es gesehen, als ich die Maske trug. Die Borsok werden in ihrer Ursprungsdimension nicht mehr lange überleben können.«

»Das hieße, sie hätten einen guten Grund, unsere Erde zu aufzusuchen«, fasste Ivanov zusammen.

Harris musterte uns nacheinander, und ich konnte nicht ausschließen, dass sie Ivanov und mich für unzurechnungsfähig hielt. Unter anderen Umständen hätte sogar ich eine solche Hypothese als blanken Unsinn abgetan, aber in der gegenwärtigen Situation ergab sie durchaus Sinn. Die Sicherheitschefin seufzte hörbar und ließ ihre Hände von der Hüfte sinken. Anschließend massierte sie ihre Stirn und blickte müde in die Runde.

»Was können wir dagegen unternehmen?«, fragte sie. »Uns sind die Hände gebunden. Wir sitzen hier unten fest. Die einzige realistische Möglichkeit, die ich sehe, ist, dass wir zurück in die Höhle gehen und versuchen, einen Funkspruch mit Explorer 2 zur Sirio zu senden.«

Ich fragte: »Haben Sie das Schiff gesehen? Die Aika haben es komplett auseinandergenommen.«

Harris wurde ungehalten: »Was ist Ihr Vorschlag, verdammt?«

Ich dachte nach, doch obwohl ich keine Antwort wusste, war mein Mund wieder einmal schneller, als mein Kopf. Dabei hatte Harris im Grunde recht. Wir waren verloren auf diesem Planeten.

»Wir müssen mit den Aika kooperieren«, hörte ich mich sagen. »Wir müssen zum Dimensionsportal hinauf und das Wurmloch schließen.«

»Sie sind verrückt, Ford!«, befand Harris.

»Wir haben es schon einmal geschafft.«

»Da waren es aber noch deutlich weniger Borsok.«

»Die Aika könnten uns helfen«, fuhr ich fort. »Erinnern Sie sich? Die Aika bekommen Verstärkung, haben sie gesagt. Wenn es uns gelingt, an Bord dieses Aika-Schiffs zu gelangen, könnten wir sie überzeugen, das Portal außer Betrieb zu setzen.«

»Was könnten wir schon ausrichten?« fragte Kate Harris. »Im Ernst. Schauen sie sich um. Wir haben keine Chance. Welche Art von Hilfe könnten wir für die Aika sein?«

»Ma'am«, sagte ich eindringlich. »Denken Sie an die Menschen in unserer Dimension. Wichtiger als unsere eigene Rückkehr ist der Schutz der Erde.«

Ich war überzeugt, dass meine Worte Kate Harris nicht fremd waren. Im Gegenteil, sie hatte mir bereits klargemacht, dass ihr nichts so am Herzen lag wie der Schutz der Menschen. Sie musste nur entscheiden, ob ihr die Sicherheit der Sirio oder die der gesamten Menschheit wichtiger war.

»Verdammt!«, knurrte sie. »Kommen Sie!«

Ich war erstaunt zu sehen, dass Kate Harris uns in Richtung der Schlacht führte, anstatt von ihr weg. Nach etwa einem halben Kilometer erreichten wir den Rand einer weitläufigen Lichtung, und ich traute meinen Augen kaum. Über uns tobte, im feurigen Abenddunst, ein Kampf von galaktischem Ausmaß. Der Aika-Kreuzer, hunderte von Metern lang, warf seinen gigantischen Schatten auf uns. Sein organischer, zigarrenförmiger Rumpf schien scheinbar schwerelos über uns zu schweben. Die tausenden Lichter auf seiner vielfältigen Oberfläche mussten Fenster sein, und an der Unterseite konnte ich eine Vertiefung erkennen, die mindestens 100 Meter lang war.

»Was sind das für Objekte, die da herunterkommen?«, hörte ich Harris fragen.

Alhaadi, der vor Staunen den Kopf nicht senken konnte, antwortete: »Das scheinen Shuttles zu sein. Offenbar befindet sich dort eine Art Landebucht. Wie bei der Sirio.«

Dutzende kleiner Objekte, die an drahtlose Aufzugskabinen erinnerten, schwebten senkrecht von dieser Bucht zur Oberfläche Aurigas herab. Mir erschien es wie ein Selbstmordkommando, wie sie mitten durch das rotblaue Laser-Kreuzfeuer hindurchtauchten. Eine der Kapseln erreichte den Boden, und mir wurde klar, dass es sich um Personentransporter handelte, als sich eine Tür öffnete und eine Gruppe bewaffneter Aika herausstürmte.

»Major, das ist unsere Chance, zu den Aika zu gelangen«, sagte ich. »Einfacher können wir es nicht haben!«

Kate Harris sah mich ernst an, blickte dann in die Runde und zu Piero, der nach einigen zögerlichen Momenten nickte.

»Gut«, sagte Harris bedächtig. »Wir wagen es. Ich hoffe, Sie haben recht, und ich hoffe, wir überleben das hier.«

Niemand erwiderte etwas, denn jeder wusste um die Wichtigkeit dieser Mission. Ich blickte Mira an und fand in ihren aufrichtigen Augen die klarste Form von Entschlossenheit. Wir warteten, bis Major Harris das Zeichen gab.

In kleinen Gruppen verließen wir unser Versteck hinaus auf die Lichtung. Ich lief neben Mira und Harris, während die anderen in kleinen Teams in der Nähe blieben. Es war ein seltsames Gefühl, unter dem Aika-Kreuzer zu sein, und ich mochte mir gar nicht vorstellen, dass dieses mächtige Objekt abstürzen konnte.

Am Rande der Lichtung erhob sich ein Hang, dort vermutete ich den Eingang zur Aika-Höhle. Die dunklen Umrisse der im aufziehenden Nebel schwebenden Borsok-Kreuzer unterstützten meine Vermutung. Auf dem Boden tobten heftige Kämpfe, doch auch auf der Lichtung selbst tauchten immer mehr Borsok auf. Es schien, als wollten sie die Landung der Aika verhindern.

Wir näherten uns der Kapsel, als ein plötzlicher Sturm aus roten Lasern uns einhüllte. Kate Harris, die neben mir lief, riss einen Arm in die Luft, rutschte aus und stürzte. Instinktiv glitten meine Arme unter ihre Achseln. Als ich sie auffing, hörte ich ein lautes Knistern. Ein giftiger Dampf, der von ihrem rechten Oberarm ausging, verriet, dass sie getroffen worden war.

»Major!«

Mit zusammengebissenen Zähnen rief sie: »Weiter!«

Mira eilte herbei, half mir, Harris auf die Beine zu bringen. Doch in diesem Moment zuckte ein rotes Licht dicht vor mir auf und beleuchtete Miras Mitte. Mit einem überbordenden Schrei ging Mira zu Boden, während der Laserstrahl in ihr loderte.

Ich ließ Kate Harris los und warf mich neben Mira.

»Nein! Verdammt!«

»Kommen Sie, Ford!«, forderte Harris. »Wir müssen zur Kapsel, sonst ist die Erde verloren!«

»Lass mich!«, ächzte Mira schwach.

Inmitten der tobenden Schlacht hielt ich ihren Oberkörper aufrecht in meinen Armen. Verzweiflung drohte mich zu überwältigen – zum zweiten Mal hatte das Schicksal meine Pläne durchkreuzt. Mira hustete Blut, und ihre Augen trafen meine in wilder Entschlossenheit.

»Lächle«, flüsterte sie. »Ich will dich so in Erinnerung behalten.«

»Nein, Mira«, schluchzte ich. »Du kommst mit.«

»Lass, Viktor. Mein Weg endet hier.«

Der Laserstrahl hatte sie an ihrer linken Taille getroffen. Ich kannte das schmerzhafte Brennen nur zu gut. Aber Miras Wunde war größer, viel größer als die, die ich bei unserem ersten Zusammentreffen mit den Borsok erlitten hatte. Die Liebe meines Lebens würde es nicht schaffen.

»Kommen Sie, Ford!«, brüllte Kate Harris.

Ich sah auf. Durch einen Tränenschleier nahm ich die Sicherheitschefin wahr. Laut schreiend feuerte sie auf alles, was uns zu nahe kam. Hinter den Palmfarnen am Rande der Lichtung gingen die Borsok reihenweise nieder, aber die Überzahl der Angreifer war erdrückend. Die Zeit rannte uns davon.

»Ich lasse dich nicht hier!«, entschied ich.

Miras Lippen bebten, und sie schüttelte den Kopf. Entschlossen warf ich das Aika-Gewehr auf den Boden. Ich stemmte mich gegen das Schicksal, richtete mich auf und hob Mira in meine Arme. Dann rannte ich. Die Transportkapsel der Aika war weniger als 100 Meter entfernt.

»Das ist Wahnsinn!«, rief Kate Harris.

In der Kapsel entdeckte ich bereits Alhaadi, Esposito und zwei weitere Wachen. Sie knieten auf dem Boden und starrten panisch nach draußen. Kurz bevor Harris und ich die Kapsel erreichten, kamen Piero und Ivanov von links heran. Der muskulöse Wachmann zerrte den kleinen Wissenschaftler mit einer Hand in die Kapsel, während er mit der anderen Hand sein Gewehr hielt und zwei heranrückende Angreifer niederstreckte.

Mit schwindender Kraft presste ich mich hinter Harris in die Kapsel, drückte mich mit Mira bis zur gegenüberliegenden Wand durch. Die Grundfläche der Kabine schätzte ich auf etwa vier mal vier Meter.

»Und jetzt?«, fragte Alhaadi. »Müssen wir wie in einem Aufzug einen Knopf drücken?«

Mira wurde immer schwerer in meinen Armen, während mein Blick über die Wand der kleinen achteckigen Kabine huschte. Ich drehte mich um, da fiel mir etwas auf.

»Hier, diese silberne Fläche!«

Ich machte Alhaadi Platz, und er drückte mit seinen dünnen Fingern auf die Elemente, die wie Tasten aussahen. Augenblicklich erschien an der Wand ein blau leuchtendes Hologramm mit dem Gesicht eines Aika.

»Was zur Hölle ist das?«, knurrte Piero.

Ich blickte hinauf. Jenseits der kleinen Dachkuppel lag etwa 200 Meter über uns der gewaltige Aika-Kreuzer. Weitere Transportkapseln erschienen an der Unterseite, glitten schnell zur Oberfläche herab und andere stiegen wieder hinauf. Irgendwo dort oben musste die Kreatur sitzen, die uns mit ihren großen, dunklen Augen beobachtete. Ein Schauder durchlief mich plötzlich.

»Sie überwachen, wer einsteigt!«, dämmerte es mir.

Der Aika öffnete seinen Mund und über dem Lärm der Schlacht hörten wir seine sanften Worte.

Mira in meinen Armen schluchzte. Ich sah, wie sie gegen die drohende Bewusstlosigkeit kämpfte. Ihr Gesicht glänzte von Schweiß, und sie biss die Zähne zusammen. Ein roter Laserstrahl traf die Kabine dicht neben dem Ausgang. Annähernd im gleichen Moment schoben sich die Türen zusammen und verschluckten den Lärm der Schlacht.

Bevor jemand etwas sagen konnte, breitete sich ein besorgniserregendes Drücken und ein plötzlicher Schwindel in mir aus. Dachte ich, meine Knie wurden durch Miras Gewicht immer weicher, sah ich durch die Kuppel, dass wir dem Schiff der Aika mit hoher Geschwindigkeit entgegentrieben.

»Sie lassen uns nach oben!«, rief Dr. Esposito überrascht.

Kate Harris sagte: »Verdammt, Ford. Ich glaube, Ihr verrückter Plan funktioniert.«

18

DER OBERSTE

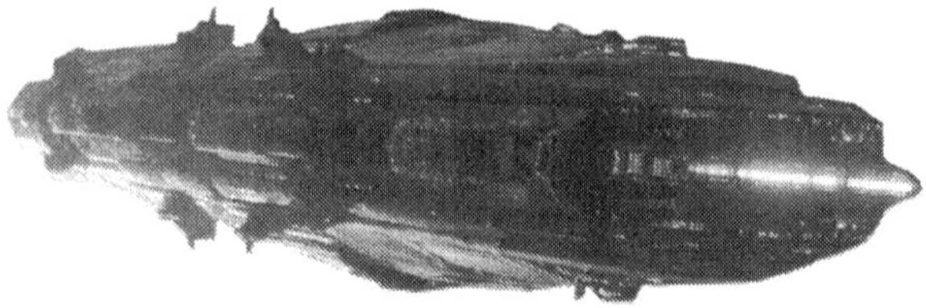

Ich hatte Angst. Unsere Kapsel zischte dem schnell anwachsenden Aika-Schiff entgegen, als ginge es darum, ein Rennen zu gewinnen. Doch selbst die beeindruckende Präzision, mit der wir in die Landebucht im Rumpf des mächtigen Raumkreuzers eindrangen, vermochte nicht, mich von der bleiernen Niedergeschlagenheit zu befreien. Meine Arme zitterten, denn Mira, die sich gerade noch auf ihren Beinen halten konnte, kämpfte gegen den unvorstellbaren Schmerz der Schusswunde. Verzweifelt stemmte sie sich gegen ihr Ende.

»Leute, ich hab‘ kein gutes Gefühl bei der Sache«, sorgte sich Alhaadi. »Wir sollten sofort zur Sirio. Mira braucht dringend einen Arzt!«

»Reißen Sie sich zusammen, Mister Adan«, forderte Kate Harris.

»Ich versuche es ja, verdammt«, gestand der Pilot. »Aber die Sache hier ist doch total verrückt! Was machen wir, wenn wir oben ankommen?«

»Wir machen ihnen klar, was wir wollen«, war Kate Harris‘ knappe Antwort.

»Und wenn nicht?« Alhaadi ließ eine kurze Pause, in der niemand der anderen etwas zu sagen wagte. »Ich meine, was, wenn wir unerwünscht sind und sie uns als Feinde ansehen?«

»In diesem Fall wird das ein extrem kurzer Ausflug«, erklärte Kate Harris.

Während Alhaadi für jeden hörbar in sich hinein fluchte, legte ich meinen Kopf in den Nacken. Durch die kleine Kuppel in der Kabinendecke sah ich, dass sich unsere Fluggeschwindigkeit verlangsamte und wir durch grün-blaues Licht auf eine der zahllosen Vorrichtungen zusteuerten, welche ich für Landeplätze hielt. Das Grollen der tobenden Schlacht war in den Hintergrund getreten, stattdessen herrschte hier drinnen ein Treiben, das dem eines Raumhafens in nichts nachstand. Es mussten hunderte dieser eigentümlichen Kabinen sein, welche sich vom Schiff zur Oberfläche und zurück bewegten.

Doch genauso, wie der Lärm des blutigen Gefechts nur noch taub in der Ferne waberte, so erschien mir unser gerade erst geschmiedeter Plan, die Aika um Hilfe zu bitten und das Dimensionsportal zu zerstören, wie etwas, das mit einem Mal völlig unwichtig war. Ich legte meine Hand auf Miras blasses Gesicht.

»Halte durch«, flehte ich. »Wir sehen zu, dass wir so schnell wie möglich zurück zur Sirio gelangen.«

Mira erwiderte nichts, doch ihre wild suchenden Augen sprachen Bände.

»Bleib bei mir, Mira. Bitte!«

»Hören Sie auf, sich Hoffnungen zu machen Ford«, hörte ich Harris sagen. »Wir brauchen Sie jetzt hier. Keine Minute mehr und wir sind an Bord.«

»Vielleicht können die Aika dir helfen«, äußerte ich leise, anstatt auf Kate Harris einzugehen.

»Rette die Erde, Viktor«, ächzte Mira.

»Sprich nicht.« Tränen stiegen in meine Augen.

»Wenn du es schon nicht für dich tust, tue es für mich.«

Das Sprechen strengte sie derart an, dass Mira ihre Augen schließen musste. So sehr ich hoffte, sie würde es schaffen, so wusste ich, dass ich mir keine Hoffnungen machen brauchte. Am ganzen Körper bebend sog ich die Luft ein, wünschte, die Dinge wären anders gekommen, wie sie waren, als die Kabine in eine der Vorrichtungen an der Decke der Landebucht einflog und sich eine plötzliche Dunkelheit um uns herum ausbreitete.

Mit einem spürbaren Ruck stoppten wir. Jenseits der Wände hörte ich ein mechanisches Summen und in der nächsten Sekunde fuhr die Tür auf. War ich zuerst schockiert darüber, auf dutzende bewaffneter Aika zu blicken, musste ich einsehen, dass es eine nur allzu nachvollziehbare Sicherheitsmaßnahme war. Immerhin waren wir für sie Aliens.

»Was soll das?«, knurrte Piero, der an vorderster Stelle stand. »Ihr habt uns doch rauf gelassen. Also lasst uns, verdammt nochmal, mit einem von euren Bossen sprechen, oder ich ...«

»Ganz ruhig«, unterbrach Dr. Esposito den Wachmann. »Egal, was Sie ihnen an den Hals wünschen, bleiben Sie nach außen hin in jedem Fall ruhig und deeskalierend.«

»Sie sehen schon, dass die ihre Waffen auf uns richten?«

»Aus gutem Grund«, erklärte Esposito.

»Mach schon, Piero«, forderte ich. »Nimm das Gewehr

runter.«

Noch bevor der Wachmann reagierte, schleppte ich mich mit Mira im Arm nach vorn. Weniger verwundert über meinen plötzlichen Aktionismus, als ich es hätte sein müssen, starrte ich in die schweigsamen Gesichter der Aika. Ich sah, wie sie Mira musterten.

»Machen Sie keinen Blödsinn!«, zischte Esposito.

In vermutlich jeder anderen Situation hätte ich uneingeschränkt auf den Xenolinguisten gehört, doch es ging hier um Mira, um meine Zukunft. Entschlossen trat ich hinaus. Die vordersten Aika wichen zurück, entgegneten mir unverständliche Worte und hielten dabei unbeirrt ihre Waffen auf uns.

»Bitte!«, rief ich. »Wir brauchen Hilfe!«

Nur flüchtig nahm ich den Raum um mich herum wahr, doch es schien eine weitläufige Halle zu sein. Die meterhohe Decke und das Hallen der Aika-Gespräche bestätigten jedenfalls meine Vermutung. Auf einmal vernahm ich irritierend klingende Laute der Aika-Sprache, und ich erschrak, als ich ihren Ursprung erkannte. In die hinteren Reihen kam Bewegung und ich sah, dass sich jemand seinen Weg zwischen den außerirdischen Kämpfern hindurch bahnte. Nicht nur ich staunte, als dieser Jemand aus dem Pulk der grauhäutigen Wesen auf uns zu trat.

»Wie ist das möglich?«, hörte ich Harris.

Vor mir stand der Aika mit der Narbe im Gesicht. Irgendwie musste er schneller aus der Höhle geflohen und auf dieses Schiff gelangt sein als wir. Mit seinen großen dunklen Augen blickte er mich an. Hinter ihm kamen einige Individuen seiner Entourage aus der Gruppe und eines der humanoiden Wesen trug ein dunkles pillenartiges Gerät vom Durchmesser eines Fußballs. Der Anführer der Aika öffnete seinen schmalen Mund und begann zu sprechen.

»Wie helfen, Mensch?«, erklang die Stimme unseres Bordsystems von dem pillenartigen Gerät.

Ich stutzte. Was sollte ich auf diese Frage antworten? Hunderte von Augen waren auf mich gerichtet.

»Verdammt, Ford!«, knurrte Kate Harris hinter mir. »Unsere Zeit läuft ab.«

In diesem Augenblick hasste ich diese Frau. Menschliche Schicksale schienen ihr nichts zu bedeuten, doch da fiel mir wieder ein, dass dem nicht so war, und Kate Harris diese Mission ausnahmslos als ihre Arbeit sah. Alles Persönliche galt hier nicht, denn nur der positive Ausgang der Auriga-Mission war das, was zählte. Ich gab mir einen Ruck.

»Wir brauchen eure Hilfe«, sagte ich entschlossen. »Wir müssen das Portal zerstören, bevor die Borsok zu uns nach Hause gelangen.«

Nachdem das kleine Gerät meine Worte in die Sprache der Aika übersetzt hatte, sah mich der Anführer einige Sekunden lang an und ich fand, dass sein Gesicht viel von einem Pokerface hatte. Die kaum vorhandenen Lippen formten schließlich langsame, wohl bedachte Laute, und nach kurzer Zeit verkündete das Gerät in der Hand des anderen Aika: »Wir euch nicht können helfen. Wir Borsok bekämpfen. Wir unser Zuhause beschützen.«

»Was?« rief ich.

»Mister Ford, lassen Sie mich mit ihm sprechen!«, sagte Dr. Esposito.

Ich wusste, dass der Xenolinguist eher den Anstand wahren würde, anstatt mich beiseite zu schubsen. Deshalb beschloss ich, weiterhin seinen Part zu übernehmen. Befeuert durch Harris erwuchs in mir wieder die Überzeugung, dass unsere eigene Rückkehr weniger wichtig war als die Rettung unserer Erde.

Ich sagte: »Der nächste Durchgang im Portal führt zur Erde, unserem Zuhause. Die Borsok wollen dorthin. Das müssen wir verhindern. Bitte! Wir wollen euch helfen.«

Der Anführer blickte mich statuenhaft an und auch die Wachen in seinem Rücken schienen wie erstarrt. Ich wusste nicht, ob er von mir noch etwas anderes erwartete, oder ob er glaubte, ich würde meine Aussage relativieren.

Doch mit einem Mal sagte er: »Mitkommen.«

Wir beschlossen, dass nur Harris, Esposito und ich mit dem Außerirdischen gingen. Die anderen sollten an der Flugkabine bleiben und sich so gut um Mira sorgen, wie es eben ging. Ivanov sagte, er wolle versuchen, die Sirio zu kontaktieren. Unter den drängenden Blicken von Kate Harris und Dr. Esposito verabschiedete ich mich von Mira. Im Nachhinein verfluchte ich mich dafür, ihr als Zeichen meiner Verbundenheit keinen Kuss gegeben zu haben, doch in dieser Situation empfand ich eine solche Geste als unpassend.

Mira bekam nicht mit, wie ich ihre Hand nahm und ihr Lebewohl sagte. Es zerriss mir das Herz, wie sie mit geschlossenen Augen und flachem Atem neben Ivanov und Alhaadi am Boden lag, eine klaffende Wunde in ihrer Mitte. Und es kostete mich grenzenlose Überwindung, von ihr loszukommen, doch es war alternativlos, wenn wir verhindern wollten, dass die Borsok unsere Erde aufsuchten und das Leben von Milliarden von Menschen gefährdeten. Widerstrebend richtete ich mich auf, legte wie Harris vor mir das Aika-Gewehr neben den Eingang der Kabine und folgte ihr zusammen mit Esposito dem Aika-Anführer.

Es war kaum Zeit, die Eigentümlichkeit dieses Schiffs zu

bewundern. Mir fiel auf, dass die Aika ihre Räume ähnlich entwarfen und anordneten, wie wir Menschen es taten, auch wenn die endgültige Ausgestaltung äußerst exotisch auf mich wirkte. War der Fußboden des Decks, über das wir schritten, so glatt, dass sich alles darin spiegelte, so bestanden die Wände aus edel wirkenden dunklen Materialien, von denen ich vermutete, dass sie irgendwelche Metalllegierungen waren.

Die Form der Korridorwände und sämtlicher Elemente, die mir ins Auge fielen, war weit weniger organisch, als das Äußere dieses Schiffs vermuten ließ. Ich hatte bereits einige Bauten der Aika unten auf Auriga von innen gesehen und war mit ihrer verhältnismäßig nüchternen Bauweise vertraut, dennoch schien das futuristisch anmutende Interieur dieses Schiffs auf einem völlig anderen Level zu sein.

»Was meinen Sie, Doktor? Wohin führen die uns?«, fragte Kate Harris leise.

»Ich vermutete, dass er keine Weisungsbefugnis hat. Sieht also so aus, als ob es bei den Aika ähnliche Hierarchien gibt wie bei uns.«

»Würde mich auch nicht wundern, wenn wir zu einem Orakel gebracht werden«, sagte ich, um mich von Miras Schicksal abzulenken.

Dr. Esposito erwiderte augenblicklich: »Mister Ford, ich denke, ich muss Sie nicht darauf hinweisen, dass Ihre Vermutung zwar berechtigt, aufgrund Ihres beschränkten Kenntnisstands allerdings recht unwahrscheinlich ist.«

»Und Sie tun es trotzdem«, murmelte ich. »Nichts für ungut, ich verliere nur gerade den wichtigsten Menschen in meinem Leben.«

Mir fiel auf, dass Kate Harris die Schussverletzung an ihrem rechten Oberarm zu ignorieren schien. Als wäre nichts geschehen, steckte sie die Hand in ihre Anzugtasche und suchte darin nach etwas. Dann holte sie das kleine Navigationsgerät hervor und aktivierte darauf das Positionstracking, ohne dass die bewaffnete Eskorte etwas davon mitbekam.

Obwohl ich mich zum allerersten Mal auf einem Aika-Schiff befand, war für mich nicht zu übersehen, dass hier der Ausnahmezustand herrschte. So ruhig und kontrolliert uns der Aika mehrere Decks hinaufführte, so überspannt liefen unzählige andere an uns vorüber. Teils riefen sie sich harsche Worte zu, die nach Kommandos klangen, und einmal passierten wir eine Art Aufzugbucht, durch deren Türen etliche verletzte Aika auf schwebenden Liegen in das Schiff gebracht wurden.

Mit dem, was sich uns offenbarte, drang das Grauen der an der Oberfläche tobenden Schlacht plötzlich wieder in mein Bewusstsein. Und die Vorstellung, dass die Borsok alles daran setzen würden, diesen Kreuzer zu zerstören, rief in mir ein plötzliches Gefühl der Unruhe hervor. Die Korridore und Räume konnten noch so bemerkenswert gestaltet sein, der Hauch des nahen Untergangs lag wie ein drohender Schatten über uns.

Schließlich erreichten wir eine Sektion, in der das Licht gedimmt war. Das Durcheinander draußen auf den Gängen galt hier drinnen nicht. Die bewaffneten Aika blieben in dem Vorraum stehen und nur der Anführer und der Aika mit dem Übersetzungsgerät schritten unaufgeregt voran in das schummerige Licht.

»Sind das etwa Kerzen?«, fragte ich neugierig.

Weder Dr. Esposito noch Kate Harris gaben mir eine Antwort. Auch die beiden schienen von den Räumlichkeiten so beeindruckt wie überrascht zu sein. Und so musste ich mir selbst eine Antwort auf meine Frage geben. Vermutlich waren es Kerzen, zumindest waren es Objekte, welche Licht mittels Feuers spendeten. In dichtem Abstand zierten sie die samtig dunklen Wände des Gangs, der in eine kreisförmige Halle mündete.

Esposito entwich ein flüchtiger Ausruf des Erstaunens, denn in diesem Raum gab es nichts außer einem zentralen würfelförmigen Element, welches der Kaaba von Mekka glich. Das Kerzenlicht am Rand des runden Raums vermochte es nicht, die Decke zu erhellen, weshalb es mir vorkam, als stünden wir unter einem Nachthimmel.

Ich flüsterte: »Sagen Sie, was Sie wollen, Doktor, aber dieser Raum scheint für spirituelle Zwecke da zu sein.«

»Das ist noch lange kein Beweis für Ihr prophezeites Orakel«, gab der Xenolinguist treffsicher zurück.

Die beiden Aika hielten geradewegs auf den dunklen Block in der Mitte zu und jetzt sah ich, dass seine mehrere Meter hohen Begrenzungen aus einem Stoff zu bestehen schienen, denn sie bewegten sich sanft im Wind, den wir mit uns führten. Ich staunte außerdem über die Tatsache, dass die Aika uns derart großes Vertrauen entgegenbrachten, indem sie ihre Wachen draußen warten ließen. Immerhin waren wir für diese Spezies Fremde und hier offenbar an einem für sie wichtigen Ort.

Der Anführer und sein Untergebener teilten sich auf, stellten sich an die Seiten des Blocks und drehten sich zu uns um. Dann sagte der Anführer etwas, was von dem kleinen Gerät in den Händen des anderen übersetzt wurde.

»Der Oberste.«

Unvermittelt wurde der nachtschwarze Stoff von zwei gewaltigen Händen geteilt. Das darin erscheinende Gesicht versetzte mich augenblicklich in Panik, war es doch um Längen größer, als ich vermutet hatte.

»Was im Namen Gottes ist das?«, fragte Kate Harris.

Es war ein Aika, so viel stand fest. Doch er war viel größer als seine Artgenossen, welche allesamt eine auffällig homogene Körpergröße besaßen. Ich konnte nicht sagen, dass dieses Wesen unfreundlich aussah, es war nur eben riesengroß. Es entstieg dem schwarzen Würfel, von dem ich jetzt erkannte, dass es ein mit Stoff umschlossenes Sitzobjekt war, und richtete sich zu voller Größe auf.

Verblüfft blickte ich an einer langen dunkelgrünen Robe hinauf, wo in etwa vier Metern Höhe ein faltiges Aika-Gesicht auf uns Menschen herabblickte. Das Wesen sprach langsam und mit einer beängstigend tiefen Stimme. Der Übersetzungsapparat ließ sich Zeit und fast wirkte es, als genoss das Gerät, uns in Unwissenheit über das Gesagte zu lassen.

»Willkommen«, sagte es schließlich mit der weiblichen Stimme unseres Bordsystems.

Intuitiv vollführten Harris, Esposito und ich eine leichte Verbeugung und ich fragte mich, ob es sich bei einer derartig beeindruckenden Erscheinung um einen in Demut gründenden Automatismus handelte. Der Aika mit der Narbe im Gesicht richtete seine Worte an das große Wesen, welches sein Boss sein musste, und interessanterweise wurden sie von dem Apparat nicht übersetzt.

›Der Oberste‹, wie der Aika ihn genannt hatte, hielt seine großen dunklen Augen auf uns gerichtet und nickte. Erst als der andere Aika fertig war, sprach er einige Worte und wieder ließ sich der Übersetzer irritierend viel Zeit.

»Ihr wollen Tor vernichten. Warum?«

Esposito, Harris und ich sahen uns an, und ich wusste, dass wir damit insgeheim auslosten, wer von uns dreien eine Antwort geben sollte. Ich spürte die Blicke der anderen eine

Sekunde zu lange auf mir, also sagte ich kurzentschlossen: »Wir wollen unser Zuhause vor den Borsok beschützen.«

Der Apparat übersetzte und kurz darauf gab der Oberste eine Antwort. »Wenn Tor zerstört, ihr nicht nach Hause könnt. Auch wir nicht nach Hause können.«

»Ich weiß«, sagte ich. »Wir geben unser Leben für das der gesamten Menschen auf der Erde.«

Der Oberste nahm den Kopf hoch und blickte über uns hinweg. Er schien nachzudenken, dann erwiderte er mit wohlartikulierten Worten: »Tor offen durch uns. Wir verantwortlich sein für Bedrohung durch Borsok. Wir euch helfen.«

Kurz blieb es still, dann flüsterte Esposito: »Dann haben die Aika tatsächlich das Dimensionsportal erschaffen.«

»Zumindest haben sie es initialisiert«, bemerkte Kate Harris.

Die Worte des Obersten ließen mich auf einmal unsicher werden. Was sollte ich nun tun? Ich suchte Espositos Blick und dieser nickte mir aufmunternd zu. Ich glaubte, ihn zu verstehen und trat demonstrativ einen Schritt nach vorn

Ich sagte: »Danke.«

Der große Aika machte einige träge Schritte durch den schummerigen Raum und verschränkte dabei seine mächtigen Hände auf dem Rücken. War er dabei seine Aussage zu überdenken? Das Wesen drehte sich um und ein geheimnisvoller Schatten zeichnete sich um seine weisen Augen ab. Ich hatte das Gefühl, als würden die Worte, die der Aika sprach noch bedächtiger zu uns gelangen und wieder dauerte es eine gefühlte Ewigkeit, bis der Übersetzungsapparat sie für uns verständlich gestaltete.

»Lasst uns beginnen.«

19

ATLANTA SPACE PORT

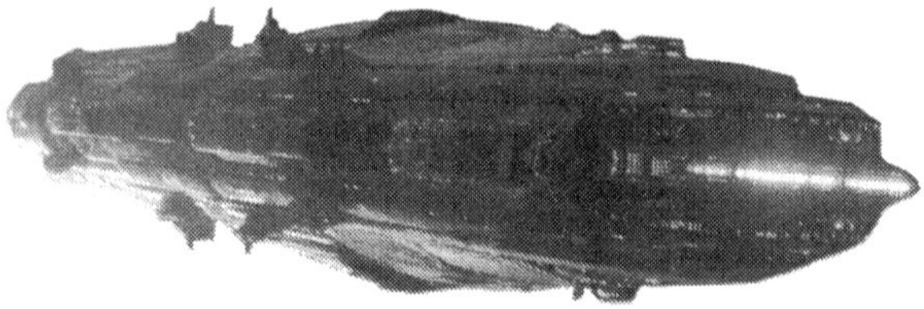

10. Oktober 2083

Der Atlanta Space Port glich einem überfüllten Messegebäude. Zwei Tage vor dem Start der Sirio trafen die letzten Passagiere der Auriga-Mission auf dem größten Umschlagplatz im Erdorbit ein und sorgten mit all ihrem Gepäck und ihrer Missionsfracht für ein größeres Durcheinander als bei einem anstehenden Versorgungsflug zum Mars.

Mit etlichen anderen Menschen warteten Jazmine und ich in Ring 2 an Gate 6 auf die STAR-Raumfähre, die an diesem Sonntagvormittag in Kourou gestartet war. Jenseits der ausgedehnten Scheiben lag die Erde und vor ihr schwebte die graziöse Silhouette des ankommenden Raumschiffs, welches in diesen Sekunden an dem Anleger rechts der Fenster andockte.

Ich warf einen Blick über die Wartenden und entdeckte einige bekannte Gesichter aus Bordeaux. Zum Beispiel die beiden selbsternannten ›Spezialisten‹ aus der Triebwerkstechnik, die sich einen größeren Namen am Tresen als in ihrem fachlichen Umfeld gemacht hatten. So, wie die beiden glatzköpfigen Männer auf der Bank saßen und miteinander redeten, wirkte es, als lästerten sie über einen Kollegen. Oder die Gruppe junger Frauen vom medizinischen Dienst, in deren Mitte eine blonde Frau in meinem Alter stand und mit strengem Blick der Ankunft des Shuttles entgegensah. Oder die pinkhaarige Astrophysikerin Jazmine neben mir, die sich seit dem Frühstück gefühlt pausenlos am Hals kratzte.

»Nervös?«, fragte ich.

»Du bist ein echter Menschenkenner«, spottete Jazmine.

»Eher ein Frauenversteher«, raunte ich ihr zu.

Jazmine sah mich mit einem Blick an, den sie meist dann aufsetzte, bevor sie mich ›unmöglich‹ nannte.

»Was?«, fragte ich deshalb.

»Wohl eher Frauenflachleger«, behauptete sie.

Ein wohlklingender Glockenton legte sich über das bienengleiche Summen der durcheinander sprechenden Menschen und eine attraktive weibliche Computerstimme verkündete: »Gate 6. Flug ST-101083-2 aus Kourou hat angelegt.«

Im gleichen Moment öffneten sich die gläsernen Schiebetüren der großzügigen Gangway. Als hätte die Fähre mehrere Hektoliter Bier geladen, welches am Ausgang umsonst verteilt wurde, strömten die Wartenden in Richtung des Durchgangs und hätte Jazmine mich nicht zurückgehalten, wäre auch ich inmitten der drängelnden Menschenmenge gewesen. Ich reckte meinen Kopf und sah, dass sich die ersten Passagiere ihren Weg durch den Pulk bahnten.

Die allermeisten Gesichter waren mir neu und ich

ertappte mich dabei, wie ich vor allem die Körperformen der jüngeren Frauen scannte.

Verflucht!, dachte ich. *Jazmine hat doch recht.*

Im Nachhinein erinnerte ich mich auch an eine rothaarige Frau. Dass sie mir im Gedächtnis geblieben war, lag nicht an ihrem Äußeren, sondern daran, dass sie sich schlechtgelaunt durch die Menschen zwängte und ihr dabei der Rollkoffer aus der Hand glitt. Fluchend hob sie ihn auf und verschwand aus der Ankunftshalle.

»Jazmine!«, hörte ich eine dünne Stimme.

Ich drehte mich um und entdeckte einen untersetzten Typen mit lichtem Haar, der vor Jazmine stehenblieb. Er trug ein viel zu enges, viel zu abgewetztes Shirt, auf dem ein lächelnder Mr. Spock mit einem Blumenkranz im Haar zu sehen war. Darunter stand der Spruch ›It's never illogical to be fabulous‹.

»Da bist ja, Ivanov«, sagte Jazmine. »Darf ich dir Viktor Ford vorstellen? Er arbeitet als Kolonieplaner beim Besiedlungsprojekt. Viktor, Dima Ivanov ist einer der besten Astrophysiker der Welt.«

Der kleine Mann befreite seine rechte Hand aus den Schlaufen einer Tragetasche und streckte sie mir entgegen. Er hatte offenbar mitbekommen, dass ich nicht aufhören konnte, sein Shirt zu begaffen.

»Live long and prosper«, sagte er.

Ich erwiderte: »So klein und schon bei den Sturmtruppen?«

Das Lächeln im Gesicht des Wissenschaftlers gefror und ich bemerkte, dass er kurz darüber nachdachte, seine Hand zurückzuziehen. Ich packte sie jedoch, bevor sie mir entfleuchen konnte, und schüttelte das weiche, schweißnasse Stück Fleisch.

»Jazmine hat mir von dir erzählt«, sagte ich.

»Dito«, erwiderte Ivanov und wich meinem Blick aus.

Jazmine schien zu ahnen, dass die Chemie zwischen uns beiden nicht stimmte, und so führte sie uns kurzerhand aus der Ankunftshalle. Wir schritten über den großzügigen Hauptkorridor von Ring 2 und hatten auf unserem Weg immer wieder Ausblicke auf die Erde, was Ivanov mehr als einmal zum Anlass nahm, um begeistert stehenzubleiben und hinauszuschauen. Sicher, für jemanden, der noch nie hier oben gewesen war, bot ein Blick aus dem Fenster eine atemberaubende Aussicht, doch für mich, der einige Jahre hier auf Atlanta die Versorgungsflüge zum Mars geplant und betreut hatte, war die Erde von oben etwa so spannend wie eine Großstadtkreuzung.

Kurz bevor wir den Aufzug hinüber nach Ring 1 erreichten, hörte ich jemanden meinen Namen rufen. Ich drehte mich um und entdeckte in dem Menschengewirr Dr. Naomi Merryweather von der ESA. Ich holte tief Luft und sagte zu Jazmine, ohne sie anzusehen: »Geht ruhig schon mal. Ich muss noch was klären.«

Ich hörte nicht, wie die beiden Astrophysiker ihren Weg fortsetzten, denn mein Herz machte einen respektvollen Aussetzer, als die Missionsleiterin bis auf eine halbe Armlänge an mich herankam. Seit diesem Abend in Amsterdam hatte ich sie nicht mehr persönlich gesehen.

»Können wir kurz reden?«, fragte Merryweather.

»Sicher«, erwiderte ich. »So lange es nicht darum geht, dass Sie mich haben sitzen lassen.«

»Es tut mir leid.« Merryweathers volle Lippen formten diese Worte mit Bedacht. »Aber ich war an diesem Abend nicht ich selbst. Ich habe lange darüber nachgedacht, doch ich kann nicht sagen, was mit mir los war.«

»Für Frauen gab es Freigetränke«, erklärte ich.

Naomi Merryweathers dunkles Gesicht sah mich ernst an. »Möglich. Aber im Nachhinein hätte ich diese Sache schon längst klären sollen. Ich bin nicht daran interessiert, meine Familie und meine Ehe aufs Spiel zu setzen.«

Ich schluckte, obwohl ich insgeheim geahnt hatte, dass eine so beeindruckende Frau wie Merryweather wohl kaum lange Single blieb. Kurz durchzuckte mich ein Verdacht, als ob das Leben, welches ich führte, nicht das Leben war, das ich eigentlich wollte. Denn nach Naomi Merryweathers Geständnis ertappte ich mich dabei, wie Neid in mir aufkam. Ich war neidisch auf ihren Ehemann und darauf, dass die beiden offenbar eine tiefe und vertraute Beziehung führten. Etwas, was mir bisher verwehrt geblieben war.

»Hey, Viktor!«, hörte ich eine bekannte Stimme.

Erschrocken drehte ich mich um und entdeckte Bronkowicz. Gemeinsam mit ein paar Helfern stapfte er an uns vorüber und schleppte einige Pappkartons.

»Du lässt auch nichts anbrennen, was?«

Peinlich berührt blickte ich auf Naomi Merryweathers Schuhe, und ich bezweifelte, dass Bronkowicz gesehen hatte, wer bei mir stand. Als ich vorsichtig aufsah, traf mich ein gefühlvoller Blick.

»Belassen wir es dabei«, sagte Merryweather. »Es war nie etwas zwischen uns und es wird nie etwas sein. Verstanden?«

Ich nickte wie ein braver Schuljunge.

Merryweather blickte verschwörerisch zur Seite. »Und ich muss Sie auch nicht daran erinnern, dass die Sache unter uns bleibt.«

Ich antwortete der Leiterin der Auriga-Mission nicht. Sie wollte, dass unser kleiner Flirt geheim blieb, also würde es so sein, wie sie es sich wünschte. Meine Gedanken drifteten ab und ich bekam nicht mit, wie Merryweather sich verabschiedete und mich allein auf dem Korridor zurückließ.

Zwei Tage später stand ich an Bord der Sirio am Fenster meines winzigen Ein-Mann-Büros und sah dabei zu, wie Atlanta vor der beindruckenden Erdkulisse allmählich kleiner wurde. Das kurze Treffen mit Naomi Merryweather hatte mir eine nachhaltige Trübheit beschert und ich konnte nicht so recht sagen, warum. Es klingelte an der Tür.

»Herein«, sagte ich und hörte das Zischen.

Als ich mich umdrehte, stand dort Jazmine. Sie trug bereits ihren weißen Missionsoverall und trat beschwingt ein. Bevor sich die Tür schloss, schritt Captain Conteh mit einigen seiner Leute vorüber und warf mir einen skeptischen Blick zu. Dann glitt die Tür zu und schloss das lebhafte Treiben auf dem Korridor aus.

»Du siehst aber gar nicht glücklich aus«, stellte Jazmine fest. »Sag bloß, du hast jetzt schon Heimweh.«

»Nein, es ist was anderes«, murrte ich. »Es ist immer, wenn ein neuer Lebensabschnitt vor mir liegt, denke ich an das, was hinter mir liegt.«

»Wow, wie tiefgründig.«

»Fühlst du dich nicht auch manchmal einsam, obwohl du von allerhand Leuten umgeben bist?«, fragte ich.

Jazmine dachte nach. »Du meinst, wenn man sich wie ein Nerd fühlt, weil man nicht wie alle anderen ist?«

»Vielleicht so in der Art, ja. Ach, ich weiß auch nicht, was los ist. Vielleicht sollte ich sesshaft werden und eine Familie gründen.«

»Das glaubst du doch wohl selbst nicht, oder?«, fragte Jazmine.

Die schlaksige Astrophysikerin trat um meinen kleinen Schreibtisch herum und warf ebenfalls einen Blick aus dem Fenster. Ich begutachtete den Aufnäher auf ihrer Schulter. Wie bei jeder Weltraummission, die im Zeichen der Forschung und der Erkundung des Weltalls stand, war auch für die Auriga-Mission ein eigener Aufnäher entworfen worden. Darauf zu sehen war die als Stern stilisierte Sirio, wie sie im Begriff war, durch das Wurmloch zu fliegen, hinter dem man die Silhouette des wüstenhaften Exoplaneten Auriga erkennen konnte. Ich tippte mit meinem Zeigefinger auf die Stickereien.

»Normalerweise stehen doch die Namen der Missionsteilnehmer drauf, oder irre ich mich da?«, versuchte ich, von meinem Seelendurcheinander abzulenken.

Jazmine antwortete: »Du bist ganz schön eitel, Viktor. Außerdem kannst du mir mal erklären, wie groß ein Aufnäher sein müsste, wenn du die Namen aller 450 Missionsteilnehmer darauf abgebildet haben wolltest?«

Kurz dachte ich über eine Antwort nach, ließ es aber bleiben. Ob ich meinen grauen Arbeitsoverall gegen dieses offizielle Kleidungsstück tauschen würde, war fraglich. Sicher, so ein Aufnäher war schon eine feine Sache, denn immerhin war es eine Ehre, welche den hart arbeitenden Frachtfliegern zum Mars beispielsweise nicht zuteil wurde. Sie mussten sich mit sarkastischen Bord-KIs und veralteter Technik herumschlagen.

»Hör zu, Mister Tiefgründigkeit«, sagte Jazmine. »Eigentlich bin ich hier, weil ich dich fragen wollte, ob du heute Abend auf die Welcome-Party mitkommen möchtest. Ach, warum frage ich dich? Du wirst mitkommen, du bist schließlich Viktor Ford!«

»Und wenn nicht?«, fragte ich. »Was, wenn ich keine Lust auf eine Party habe und lieber allein sein möchte?«

Jazmine sah mich einen Augenblick ernst an, dann lachte sie aus vollem Herzen.

»Dann würde ich mir Sorgen um dich machen.«

Ich seufzte: »Immer diese Partys ...«

»Jetzt komm schon. Wir leben nur einmal. Außerdem befinden wir uns ab sofort auf einer Pioniermission und da kann es immer passieren, dass einer von uns nicht lebend zurückkehrt.«

Wir sahen uns tief in die Augen. Und dann mussten wir beide lachen.

»Also, kommst du jetzt mit oder nicht? Du kannst immer noch sesshaft werden, wenn du von Auriga zurück bist.«

20

PLASMA

4. Januar 2084

Das Schlachtfeld auf der Oberfläche Aurigas verschwand allmählich aus unserem Blickfeld und an seine Stelle trat das tiefe Schwarz des Weltraums. Durch eines der wenigen Fenster an Bord des riesigen Aika-Kreuzers hatte ich nur für einen kurzen Moment einen Blick, denn wir wurden von einer erneuten Eskorte zum Hangar geführt. Wir befanden uns bereits einige hundert Kilometer über der bewaldeten Oberfläche, inmitten einer tobenden Schlacht zwischen den Borsok und den Aika. Im grün-blauen Schimmer Aurigas sah ich ihre Angriffsjäger, die wie ein Schwarm wütender Wespen um das Schiff herum schwirrten.

Die Eskorte führte uns durch die bizarren Korridore hinab in den Bauch des Raumschiffs, wo sich eine beeindruckende Schiffshalle mit Dutzenden Aika-Shuttles erstreckte. Für mich sahen diese kleinen Transportschiffe wie eine

Miniaturversion des Kreuzers aus, allerdings mit einem signifikanten Unterschied. An den vorderen und hinteren Enden des zigarrenförmigen Rumpfs befanden sich frei drehbare Triebwerke. Ich hätte sie gern genauer inspiziert, wenn wir nur mehr Zeit gehabt hätten.

Im Shuttle nahmen wir ohne Anweisung in den Schalensitzen Platz, die für uns Menschen zwei Nummern zu groß wirkten, und ich war überrascht, dass es keine Sicherheitsgurte gab. Der gesamte Ablauf fand ohne jegliche Kommunikation von Seiten der Aika statt, und wir schienen bei dieser Operation eher geduldete Gäste zu sein als vollwertige Teilnehmer.

»Ich hoffe, die Aika halten ihr Wort und bringen Mira und Esposito zurück zur Sirio«, sagte Piero, der neben mir saß.

Ich schluckte und erwiderte: »Mir gefällt das auch nicht. Aber Mira ist in ihrem Zustand nicht in der Lage mitzukommen.«

»Sieben Leute, verdammt«, knurrte Piero und rieb sich das kantige Kinn. »Sieben Leute und diese Außerirdischen gegen eine Armee von blutrünstigen Bestien. Das ist doch absolut verrückt!«

Die acht Aika in den vorderen Sitzen schienen mit der Startsequenz beschäftigt zu sein, denn sie schenkten uns keinerlei Beachtung. Hinter uns saßen die bewaffneten Mitglieder der Aika-Eskorte. Dieser Umstand entspannte mich nicht gerade, obwohl ich die Skepsis der Aliens nachvollziehen konnte.

»Alles klar«, hörte ich Ivanov, der vor mir saß, während er gerade sein Notebook schloss. »Ich habe eine Nachricht zur Sirio geschickt. Zumindest wissen sie jetzt, wo wir sind und was wir planen.«

»Und?«, fragte ich.

»Was und?«, entgegnete Ivanov. »Ich konnte das Schiff orten. Es ist nicht weit von uns entfernt. Sieht so aus, als seien die uns gefolgt.«

»Zumindest könnten sie uns leicht abholen«, stellte ich fest. »Die Laune dürfte schnell am Boden sein, wenn die hören, dass es keinen Weg zurück zur Erde gibt und wir das Portal zerstören wollen. Da dürfte es auch nicht trösten, dass die Aika uns helfen und sich opfern, indem sie sich ihren eigenen Weg nach Hause verbauen.«

»Das würde mir auch die Laune verderben«, kommentierte Piero.

Die Triebwerke des Aika-Shuttles heulten auf, und die Piloten führten eine angeregte Debatte in ihrer für uns unverständlichen Sprache. Es entging mir nicht, dass Alhaadi ihr Treiben aufmerksam beobachtete.

Das Shuttle hob ab und steuerte direkt auf einen Tunnel im Boden des Hangars zu. In diesem Moment leuchteten Lichter in meinem peripheren Blickfeld auf, und im nächsten Augenblick legten sich zwei holografisch aussehende Bänder über meinen Körper. Wie sehr ich mich auch bewegte, ich konnte mich ihrem Druck nicht erwehren.

»Wie abgefahren, das sind holografische Gurte!«, staunte ich.

Die Aika im Cockpit kippten das Shuttle um 90 Grad nach vorn, ohne dass sich die Schwerkraft in der Kabine änderte. Erst da wurde mir bewusst, dass der Aika-Kreuzer selbst eine Technologie besaß, um erdnahe Gravitation ohne Rotation zu erzeugen.

Die Nase unseres Schiffes zeigte in den schmalen Tunnel, in dem Positionslichter aufflammten. Wenige Augenblicke später schossen wir mit atemberaubender Geschwindigkeit durch die beängstigend enge Röhre und erreichten kurz darauf den unendlichen Raum des Alls. Der Pilot änderte den Kurs des Shuttles, und sofort tauchte das Ringportal und das dahinter liegende Wurmloch vor uns auf.

»Gott!«, staunte Alhaadi. »Ich habe vergessen, wie gewaltig das ist!«

Um uns herum tobte die Schlacht um den Ring. Der Kreuzer, der uns ins All gebracht hatte, war nicht der einzige. Ich zählte drei weitere Aika-Schiffe, denen fünf Borsok-Kreuzer gegenüberstanden. Respektvoll hielten sie Abstand um das Ringportal, doch die roten und blauen Strahlen eines ungezähmten Lasergewitters ließen keinen Zweifel daran, dass dies alles andere als ein friedliches Aufeinandertreffen zweier Spezies war.

»Mister Ford«, sprach Kate Harris, die neben Piero saß. »Sind Sie sicher, dass Sie genau dasselbe Verfahren anwenden wollen wie beim ersten Mal, als Sie das Wurmloch geschlossen haben?«

»Ist zumindest die effektivste Methode.«

»Wie kommen wir zu diesen Plasmasäulen?«, fragte Harris.

»Sehen Sie diese herausstehenden Objekte an der Innenseite des Rings?«

Durch die Frontscheibe deutete ich auf das Dimensionsportal. Ich wusste, dass das im Durchmesser 5 Kilometer große Objekt 15 solcher Objekte besaß. Sie waren Energiegeneratoren, welche die negative Masse für die Bildung und Aufrechterhaltung des Wurmlochs bereitstellten.

»Die Plasmasäulen befinden sich im Zentrum eines jeden Energiegenerators. Ein Netz aus Korridoren umgibt den Generatorraum, der wiederum von einer ringförmigen Landehalle umgeben ist«, erklärte ich.

»Und es genügt, wenn wir einen dieser Plasmaströme unterbrechen?«, fragte Harris.

»So ist es«, bestätigte ich. »Wenn eines dieser Elemente beschädigt oder zerstört wird, wird der Raumtunnel in sich zusammenbrechen.«

»Keine schöne Vorstellung«, sagte Piero.

Alhaadi, der damals dabei gewesen war, mischte sich ein: »Das ist sogar noch furchtbarer, als es sich anhört, vor allem, wenn sich Schiffe im Wurmloch befinden.«

Wir ließen Alhaadis Kommentar in all seiner Schrecklichkeit auf uns wirken, als uns die Aika zielgerichtet dem Ring entgegenbrachten. Mir fiel auf, dass sie einen der Energiegeneratoren unter ihrer Kontrolle zu haben schienen, denn wir näherten uns einem der Schleusentore, ohne feindlichen Jägern zu begegnen. Wie bei meinem ersten Anflug auf dieses etliche hundert Meter lange Teilstück des Dimensionsportals, öffnete sich auch dieses Mal das Tor automatisch und führte uns in eine gleißend helle kugelförmige Schleusenkammer, welche den Atmosphärenausgleich innerhalb weniger Sekunden ausführte. Doch jenseits davon eröffnete sich uns ein Schlachtfeld.

Die Landehalle war noch nicht von den Aika eingenommen worden, sondern hart umkämpft. Kaum hatte der Pilot das Shuttle in die Halle geführt, wurde es von einem Hagel roter Laser getroffen, taumelte und schlug hart auf dem Boden auf. Das Surren der Triebwerke war noch nicht verklungen, da lösten sich die holografischen Gurte auf. Die Aika auf den vorderen Plätzen drehten sich zu uns um und begannen, auf uns einzureden, obwohl ihnen bewusst sein musste, dass wir ihre Worte nicht verstanden.

»Sie wollen, dass wir aussteigen«, mutmaßte Kate Harris.

Die Tatsache, dass sie uns Gewehre entgegenhielten,

untermauerte ihre Vermutung. Doch die unklare Situation außerhalb des Shuttles verhieß nichts Gutes. Im Gegenteil, ich hatte nicht nur das untrügliche Gefühl, dass wir in der verbleibenden Zeit nicht in der Lage sein würden, die Borsok vom Ring zu vertreiben. Auch das schlichte Zerstören eines Energiegenerators erschien mir plötzlich wie ein nahezu unmögliches Unterfangen. Immerhin kämpften die Borsok um nicht weniger als um den Erhalt ihrer Spezies!

Wir verließen das Shuttle, und ich stellte erstaunt fest, dass die Aika zumindest in der Nähe ihrer gelandeten Schiffe an Terrain gewonnen hatten. Gerade in diesem Moment führten sie einen Vorstoß auf das Zentrum des Komplexes durch, der von der ringförmigen Landehalle umschlossen war. Kate Harris entschied, dass wir uns sofort den vorrückenden Aika anschließen sollten, da es ihrer Ansicht nach keine zweite Gelegenheit für einen Angriff geben würde.

In einer Linie drangen wir in den Gang vor. Die Aika stürmten wie eine Selbstmordtruppe voran, ohne Rücksicht auf Verluste. Sie durchbrachen die feindlichen Reihen und feuerten auf alles, was sich bewegte. Wir Menschen befanden uns mitten im Getümmel. Direkt vor mir ging ein Aika nieder. Instinktiv feuerte ich auf die Quelle des roten Laserstrahls, der ihn getroffen hatte. Im Augenwinkel nahm ich einen Borsok wahr, der keifend zu Boden fiel.

Wir folgten dem Gangsystem über etwa hundert Meter und bogen zweimal ab, bis ich am Ende des Korridors einen Durchgang sah, der von einer tiefen Finsternis erfüllt war. Mit raschen Schritten liefen wir darauf zu, als einer von Harris' verbliebenen Wachen getroffen wurde. Schreiend stürzte der Mann. Ich sah noch, wie Piero versuchte, ihn mit sich zu ziehen, bevor auch er von einem Laser in die Schulter getroffen wurde.

»Verdammt!«, brüllte er und feuerte in Richtung der Verfolger.

Er ließ den Wachmann zurück und schloss mit aller Kraft zu uns auf. Wir erreichten den Durchgang. Eine Handvoll Aika sicherte nach hinten ab, und wir stürmten in die Dunkelheit.

Vor uns erstreckte sich der Generatorraum. Wenn es nicht die massive, mehrere Meter dicke Säule aus gleißend blauem Plasma gegeben hätte, wäre es stockdunkel gewesen. Doch ich sah, dass dieser Raum die gleiche Aufteilung besaß, wie der, den ich kannte. Um die Plasmasäule herum standen in mehreren Reihen seltsam anmutende Blöcke, deren Nutzen sich mir entzog. Wir suchten Deckung hinter dem Durchgang.

»Also gut«, rief Kate Harris. »Ich hoffe, die Aika begreifen, dass wir den Laden in die Luft jagen wollen!«

Plötzlich tauchten Borsok an der Säule auf und eröffneten unvermittelt das Feuer.

»Angriff!«, schrie Kate Harris.

Mit erhobener Waffe stürmte sie los. Ich sammelte all meinen Mut und folgte ihr. Wir waren nicht so weit gekommen, um jetzt aufzugeben!

Ich schoss und traf einen der Angreifer. Der Borsok wurde von einem Laser getroffen und taumelte bedrohlich dicht an die Plasmasäule heran. Ein Teil der Entladung übertrug sich auf seinen Körper und brachte die Schläuche und Kabel seines Lebenserhaltungssystems zum Glühen. Der Angreifer hatte keine Chance, und war tot, ehe sein Körper auf den Boden schlug.

Der Sturm aus roten Lasern schwoll zu einem bedrohlichen Orkan an und zwang uns in eine schmale Nische der brusthohen monolithischen Elemente zwischen der Plasmasäule und der Hallenwand. Die Borsok bauten sich schützend vor der Säule auf und auch am Eingang hinter uns erschien ein ganzer Trupp. Die Außerirdischen versperrten sogar mit einem dieser fliegenden Motorräder, die ich unten auf Auriga gesehen hatte, den Weg nach draußen.

Kate Harris, Piero und Alhaadi gingen in der Nähe der Plasmasäule in Deckung. Ich schnappte mir Ivanov, der unmittelbar neben mir stand und drückte ihn in die schützende Nische zwischen den Blöcken.

Wir waren eingeschlossen. Die Borsok würden uns nie zur Plasmasäule durchlassen. Im Gegenteil. Sie würden die Schlinge um uns weiter zuziehen, bis sie uns hatten, und uns dann den Garaus machen. Dann wäre es das gewesen mit unserer Rettungsmission. Nicht nur die Auriga-Mission würde ein jähes Ende finden, auch unsere Erde würde es.

Plötzlich dachte ich an die Videoaufzeichnung in der Borsok-Maske und erkannte, dass es eine Chance gab, die Borsok zu schlagen. Mehr noch: Ich sah sogar die Möglichkeit, den Ring zu befreien und zur Erde zurückzukehren.

»Hast du gesehen, wie der Borsok gerade von dem Plasma eliminiert worden ist?«, fragte ich und presste mich gegen den Block in meinem Rücken.

»Wie hätte ich so eine Grausamkeit ignorieren können?«, fragte Ivanov zurück.

»Bei der Aufzeichnung in der Maske habe ich etwas Ähnliches beobachtet«, sagte ich. »Nur, dass es Blitze waren, die die Borsok getroffen und getötet haben.«

Ivanov bemühte sich um eine Erklärung: »Möglicherweise ziehen die Borsok mit ihren Lebenserhaltungssystemen elektrische Ladungen an. Das scheint, wie bei einer Art Plasmakugel zu funktionieren.«

»Können wir das nutzen?«, fragte ich.

Ivanov blickte mich irritiert an. »Was nutzen?«

»Na diese Technik der Plasmakugel«, sagte ich.

Die Augen des Astrophysikers schienen in meinem Gesicht nach einem Funken Verstand zu suchen. Als Ivanov ihn offensichtlich nicht fand, sagte er: »Theoretisch. Die Borsok müssten dazu eine Art Gegenelektrode darstellen. Aber das ist so gut wie unmöglich, weil ihre eigene Energie bedeutend größer sein müsste, als die des bereits bestehenden Systems, damit ein Teil des elektrischen Felds abgelenkt werden kann. Außer du bekommst alle Borsok in dem Ring dicht genug an die Säule heran.«

»Aber es würde funktionieren, oder?«, vergewisserte ich mich.

»Wie gesagt, theoretisch«, sagte Ivanov. »Die Borsok müssten sich mit der Energiequelle der Plasmasäule in einer Art Oszillatorschaltung befinden, damit das funktioniert.«

Ein roter Laser jagte dicht über unseren Köpfen in den Maschinenblock. Knisternd grub sich der Lichtimpuls durch die Metalllegierung. Unsere Zeit lief ab. Erinnerungsfetzen an den Physikgrundkurs während meines Weltall-Wirtschaft-Studiums kamen mir in den Kopf.

Ich sagte: »Diese starke Glimmentladung der Säule ist doch ein eindeutiges Zeichen dafür, dass Gas ionisiert ist und die freien Ladungsträger im linear ausgerichteten elektrischen Feld beschleunigt sind, oder etwa nicht?«

»Sicher, Ford. Aber damit die Entladung auf die Borsok übergeht, müssen sie einen sogenannten angeregten Zustand erlangen. Das heißt, die Energie der Borsok muss größer sein als die des Grundzustands und …«

»Schon gut«, zischte ich. »Ich verstehe! Was schlägst du vor?«

»Wir suchen eine einzige Quelle, die stark genug ist, um

Ströme aus der Säule abzulenken. Ich nehme an, dass sich das Gas bei einer ausreichend starken Energiequelle in der Halle ausbreitet und die Entladungen auf die Borsok überspringen. Theoretisch.«

»Theoretisch? Na toll!«

»Was?« Ivanov sah verärgert aus. »Ist ja nicht so, als ob ich jeden Tag eine Plasmakugel gegen eine außerirdische Armee improvisiere. Außerdem wissen wir nicht, wie stark das elektrische Feld ist. Im schlimmsten Fall könnte es uns umbringen.«

»So lange es den gottverdammten Generator hochgehen lässt …« Ivanov sah nicht überzeugt aus und ich fügte hinzu: »Das ist immerhin eine Chance. Wir könnten den Ring befreien und nach Hause zurückkehren.«

In Ivanov kämpften das Für und Wider meiner Argumentation gegeneinander.

»Tue es für Jazmine«, sagte ich.

Das fleischige Gesicht des Astrophysikers nahm einen verbissenen Ausdruck an. »Also gut, Ford! Was in diesem gottverdammten Raum kann uns so viel Energie zur Verfügung stellen, dass dein bescheuerter Plan funktioniert?«

»So gefällst du mir!«, sagte ich.

Ich klopfte Ivanov auf die Schulter nahm die Waffe hoch und linste aus meinem Versteck. Die Borsok waren bis auf zwei Reihen an uns herangerückt, und kaum hatte ich sie erspäht, sahen auch sie mich. Noch bevor sie die ersten Schüsse auf mich abfeuern konnten, schoss ich. Zwei Borsok gingen auf der Stelle nieder, und ich ließ mich fallen, ehe die roten Strahlen mich erwischten.

»Fuck, das sind zu viele!«

»Hast du was gesehen?«, fragte Ivanov.

»Nein, nichts. Nur einen Haufen Borsok. Die sind sogar mit diesen schwebenden Fahrzeugen hier drinnen und ...«

»Das ist es!«, unterbrach mich Ivanov. »Dieses Ding, das auch die Patrouille unten auf Auriga hatte?«

»Ja, warum?«

»Das könnte funktionieren«, sagte Ivanov.

»Die haben uns gesehen, Mann«, drängte ich. »Wir müssen hier weg, bevor die uns erledigen!«

»Wenn wir die Energiequelle des Fahrzeugs treffen, hätten wir vermutlich das, was wir bräuchten.«

»Was macht dich so sicher?«

»Die sind keine Menschen. Die Fahrzeuge laufen wohl kaum mit Benzin.«

»Gutes Argument!«

Der Moment war gekommen. Kurz schloss ich meine Augen, denn der nächste Schuss musste einfach sitzen. Wenn ich es vergeigte, war es nicht nur mit meinem Leben zu Ende, sondern auch mit der gesamten Menschheit. Ich presste meine Lider so fest zusammen, wie es mir möglich war, und rief mir Miras Gesicht in Erinnerung. Ihre unvergleichlichen Augen, ihr Lächeln. Für eine Sekunde hielt ich meinen Atem an. Dann sprang ich auf.

Keine Sekunde zu spät, denn drei Borsok erschienen hinter dem Block, der uns Schutz gegeben hatte. Ich drückte den Abzug und erwischte mit einem Schuss gleich zwei der Bestien. Doch der dritte Borsok holte mit seinem Arm aus und erwischte mich am Kinn. Es knackte und mit einem Schrei fiel ich zu Boden.

Bevor ich mich aufrappeln konnte, tauchte die Waffe des Aliens über mir auf. Der Lauf richtete sich auf mich, doch Ivanov war zur Stelle und jagte dem Borsok drei Impulse in seinen Leib. Brüllend vor Wut und Schmerz, stürzte der

Borsok neben mir nieder, und noch ehe er seinen Verletzungen erlag, war ich wieder auf meinen Füßen. Die anderen beiden Borsok krümmten sich vor Schmerz auf dem Boden.

Weitere Aliens waren auf dem Weg zu uns. Entschlossen riss ich die Waffe hoch, zielte auf das Fahrzeug am Hallenrand. Feuerte. Der erste Schuss traf einen Angreifer, der sich neben dem Fahrzeug verschanzt hatte. Der nächste Schuss durchbohrte den Rahmen des Durchgangs dahinter. Doch ich gab nicht auf.

Der nächste Schuss saß. Ein Licht so hell wie die Sonne, drang aus einem Spalt unter dem Sitz des Fahrzeugs. Die Borsok zogen sich aufgeregt zurück, und ich wandte mich der Plasmasäule zu. Das vertikal ausgerichtete elektrische Feld begann zu schwanken. Ich erkannte wellenförmige Ausbrüche. Plötzlich gab es einen ohrenbetäubenden Knall und das Fahrzeug ging in gleißenden Flammen auf. Dies war der Moment, auf den ich gehofft hatte.

Das ionisierte Gas schien sich in der Halle auszubreiten. Aus der Plasmasäule sprang eine mächtige glimmende Entladung zum Fahrzeug über, und wie Ivanov vermutet hatte, auch zu den Borsok. Die Außerirdischen versuchten noch, ihrem Schicksal zu entgehen, doch es war zwecklos. Wie in der Aufzeichnung, die ich gesehen hatte, glühten die elektronischen Lebenserhaltungssysteme unter der Haut der Borsok auf. Ihr Aufflammen zwang die Außerirdischen in die Knie und ließ sie schließlich leblos zu Boden sinken. Auch draußen auf dem Korridor sprangen blaue Blitze auf die Angreifer über und schalteten sie aus. Einige Borsok kämpften verzweifelt bis zum bitteren Ende.

Eine Entladung traf meine Waffe. Vor Schreck ließ ich sie fallen. Doch weder die Aika noch Ivanov oder ich wurden vom Plasma getroffen. Nach wenigen Minuten war es vorbei und eine seltsame Stille breitete sich aus. Zwar loderte noch immer die brennende Energiequelle des Borsok-Fahrzeugs, doch längst waren die auf die Borsok-Körper übergesprungenen Entladungen verschwunden. Nur das mächtige Glimmen zwischen Brand und Plasmasäule existierte noch.

»Das hat funktioniert!«, staunte Ivanov.

Mit derselben Begeisterung wie ich sah sich der Astrophysiker in dem von blauem Licht durchdrungenen Generatorraum um. Ich bemerkte, wie die Aika langsam aus ihren Deckungen kamen. Dicht bei der Säule entdeckte ich Kate Harris, Piero und Alhaadi. Ihre Gesichter sahen aus, als konnten sie kaum fassen, was gerade geschehen war.

Auch ich konnte es kaum glauben. Aber ein flüchtiger Blick nach draußen auf den Korridor zeigte, dass wohl alle Borsok im Energiegenerator ausgeschaltet worden waren. Erschöpft blies ich die Luft aus meinen Lungen und ließ die Gewissheit, die Borsok besiegt zu haben, über mich kommen.

21

FREUNDSCHAFT

Die Landehalle des Dimensionsportals war erfüllt von den Stimmen der Menschen und der Aika. Längst war die Meldung der Sirio zu uns durchgedrungen, dass sich die Schiffe der Borsok in die Weiten des Alls zurückgezogen hätten. Somit stand unserer Rückkehr zu Erde nichts mehr im Wege. Doch auch, wenn die Angreifer im Ring eliminiert worden waren, herrschte unter uns beiden Spezies eine gewisse Skepsis, denn die meisten Anwesenden hatten bisher keinen Kontakt zur jeweils anderen Lebensform gehabt. Während ich an Explorer 3 wartete, und diese Tatsache nach allem, was geschehen war, so klar artikulieren konnte, musste ich schmunzeln. Ich wollte mir gar nicht ausmalen, wie ein Erstkontakt mit einer Spezies aussehen musste, die wirklich außerirdisch und nicht nur eine Variation von uns Menschen war.

»Mister Ford!«, riss mich eine nüchterne Stimme aus den Gedanken.

Die Schiffsärztin Dr. Blanche und zwei ihrer Helfer

schoben eine Krankenliege zum Shuttle. Auf ihr entdeckte ich Mira und sofort rannte ich ihr die wenigen Meter entgegen. Ich schob die blonde Ärztin zur Seite und warf mich an die Liege.

»Vorsicht!«, rief Dr. Blanche.

»Gott, Mira!«, zitterte meine Stimme.

Ihre Augen waren geschlossen und urplötzlich wurde mir heiß und kalt zugleich. Ich geriet in derartige Panik, dass ich gar nicht wahrnahm, ob sich ihr Brustkorb hob und senkte. Alles was ich sah, war ihr klebriges Haar, ihr zerschrammtes Gesicht, das zerknitterte Laken, welches ihren Körper zudeckte, mit einem dunklen Blutfleck auf Höhe des Bauchnabels.

»Sie lebt«, beruhigte mich Dr. Blanche.

Als die Ärztin das sagte, entwich mir ein verzweifelter Ausruf der Freude.

»Aber sie atmet nicht«, stammelte ich.

»Sie atmet. Miss Langley ist noch sehr schwach«, erklärte Dr. Blanche. »Aber nach unserer vorläufigen Untersuchung kann ich Ihnen versichern, dass sie über den Berg ist und es aller Wahrscheinlichkeit nach überleben wird.«

»Wie?«, fragte ich ungläubig. »Mira wurde von einem Laser in der Körpermitte getroffen!«

Dr. Blanche sagte: »Sie können Fragen stellen. Ich weiß es nicht, aber es sieht aus, als hätten diese Außerirdischen sie medizinisch versorgt.«

Ich blickte auf und drehte mich um, wo etwa 100 Meter weiter allerhand Aika neben zwei ihrer Shuttles standen. Ich sortierte die Gedankenfetzen in meinem Kopf und überlegte, ob es im Bereich des Möglichen war, dass die Aika Mira versorgt hatten. So recht glauben konnte ich es nicht, doch dadurch, dass Mira noch lebte und laut Dr. Blanche nicht mehr in Lebensgefahr schwebte, war diese Vermutung zumindest nicht völlig absurd.

Ich beugte mich tief über Miras Gesicht und flüsterte: »Ich dachte, ich hätte dich verloren. Ich brauche dich, Mira. Ich brauche dich, weil du mir Zuversicht gibst und mich gleichzeitig am Boden hältst. Bleib bei mir.«

Tränen standen mir in den Augen, als ich meinen Blick hob und Alhaadi zwischen uns und den Aika entdeckte. Er winkte fröhlich bis penetrant und ich brauchte eine Weile, ehe ich begriff, dass er mich meinte. Irritiert wischte ich mir die Ergriffenheit aus den Augen und erhob mich.

»Harris will, dass du kommst«, sagte er atemlos.

»Wird auch Zeit«, antwortete Dr. Blanche, bevor ich es konnte. »Miss Langley sollte dringend auf die Krankenstation. Sie entschuldigen uns, Mister Ford.«

Blanches Helfer schoben mich zur Seite und führten die Liege mit Mira durch den Einstieg in Explorer 3. Als hätte er einen Marathon hinter sich, schleppte sich Alhaadi zu mir und schlug mir mit einem lauten Seufzer auf die Schulter.

Ich schniefte und fragte: »Hat sie gesagt, was sie will?«

»Ich glaube, sie wollen sich verabschieden.«

Ich ließ den Piloten an seinem Shuttle stehen und schritt so andächtig und staatstragend wie möglich den Aika entgegen. Kate Harris, Dr. Esposito und einige Wachen waren bereits bei dem Anführer mit der Narbe im Gesicht und bemühten sich sichtlich um eine verständnisvolle Kommunikation. Der Xenolinguist unterstützte jedes seiner Worte mit einer überdeutlichen Geste seiner Hände.

Er sagte: »Im Namen der gesamten Menschheit möchte ich meinen Dank aussprechen.«

Der Aika-Anführer wartete, bis das kleine Übersetzungsgerät in der Hand des hinter ihm stehenden Wesens Espositos Worte in seiner Sprache ausgab, dann antwortete er und kurz nach ihm erklang die Stimme unseres Bordsystems. »Danke ebenfalls.«

Ich stellte mich leise neben Harris, doch der Aika bemerkte mich sofort. Er fixierte mich mit seinen dunklen Augen und trat mit einer eleganten Bewegung an mich heran. Doch nicht zu dicht. Er selbst schien eine gewisse Distanz zu schätzen. Dann vollführte er eine leichte Verneigung vor mir und ich fühlte mich mit einem Mal so klein.

Er sagte: »Djar Aika kanan ian Mensch arook.«

Das Gerät übersetzte: »Dir Mensch wir Aika schenken besonderen Dank.«

»Utu braja dan Borsok brotor djar endast.«

»Ohne dich wir Aika wären Opfer von Borsok.«

Ich gab mir Mühe, dem Blick des Aika-Anführers standzuhalten. Ich war mir der Wichtigkeit dieses Augenblicks durchaus bewusst, doch das Gefühl, ich sei diesem größten Moment der Menschheitsgeschichte seit der Erfindung des Feuers nicht gewachsen, nagte an mir. Ich beschloss, einfach die Nerven zu behalten.

So sagte ich: »Und ohne euch könnten wir nicht nach Hause.«

Das dunkle pillenartige Gerät übersetzte meine Worte und als ich zu Dr. Esposito sah, nickte er mir zuversichtlich zu. Der Aika lauschte der Übersetzung und bevor er etwas erwidern konnte, hielt ich ihm meine Hand entgegen und sagte: »Freundschaft.«

Der Anführer sah zuerst auf meine Hand hinab, dann wieder in meine Augen. Er blinzelte einmal, dann streckte er seine vierfingrige Hand aus und legte sie in meine.

»Hjartar djadadi«, sagte er.

»Freundschaft«, wiederholte das Übersetzungsgerät.

Als ich das hörte, breitete sich in mir eine wohlige Gänsehaut aus, hatte ich doch gerade etwas erlebt, das Jazmine oder Ivanov als ›Star-Trek-Moment‹ bezeichnet hätten. Vielleicht sollte ich öfter fernsehen.

»Ich will ja nicht ungemütlich werden«, sagte Kate Harris, »aber ich glaube, jetzt wäre ein guter Zeitpunkt, um Lebewohl zu sagen. Der Durchgang zur Erde öffnet sich in einer Stunde.«

Ich wusste, worauf die Chefin des Sicherheitsdienstes hinauswollte, und auch Dr. Espositos Gesichtsausdruck vermittelte mir, dass ich das Gespräch in eine eindeutige Richtung lenken sollte.

Ich verneigte mich vor dem Aika und sagte: »Lebt in Frieden.«

Der Anführer spiegelte meine Geste und verneigte sich ebenfalls, jedoch ohne etwas zu sagen. In einer langsamen Drehung wandte er sich ab und deutete seiner Gruppe, sich zurückzuziehen. Wir Menschen taten dasselbe und mir entging nicht der anerkennende Ausdruck auf Kate Harris' Gesicht.

»Das war eine große Nummer, Mister Ford«, sagte sie. »Ehrlich gesagt, hatte ich geglaubt, Sie würden das vergeigen.«

Ich erwiderte: »Dann habe ich Sie hoffentlich auf Lebenszeit vom Gegenteil überzeugt.«

Kate Harris verzog Mund und schmunzelte. Explorer 3 hob in diesem Augenblick ab und der Fluglärm verschluckte die Geräusche aller Gespräche. Der Wind, den die Atmosphärentriebwerke produzierten, fegte warm und wild über uns hinweg, als das Shuttle eine 180-Grad-Drehung vollführte und sich der Schleuse näherte.

Links des Landeplatzes von Explorer 3 stand Explorer 5

und im Cockpit sah ich Alhaadi, der an den Instrumenten über seinem Kopf herumfummelte, bis die Positionslichter des Schiffs mit einem Mal aufleuchteten.

Kurz bevor wir in das Shuttle stiegen, drehte ich mich noch einmal um, schließlich war dies die wahrscheinlich letzte Gelegenheit, um einen Blick auf eine außerirdische Spezies zu werfen. Die Aika stiegen ebenfalls in ihre Schiffe, von denen das erste bereits abhob und in Richtung der anderen Schleuse hinter der Krümmung verschwand.

Für einen kurzen Moment jagten all die seltsamen Ereignisse, die mir in dieser Dimension widerfahren waren, durch meinen Kopf und mir blieb nichts anderes übrig, als mir innerlich auf die Schulter zu klopfen.

Das hast du schon gut geschaukelt, Viktor, sagte ich mir.

Und unter dem Aufheulen der Triebwerke stieg ich hinauf in die Kabine von Explorer 5. Ich war nicht nur der erste Mensch auf einem Exoplaneten, sondern auch der letzte Mensch, der einen Fuß auf einem außerirdischen Objekt hatte.

»Zu schade, dass wir dort unten keine Kolonie errichtet haben«, sagte Bronkowicz.

Zusammen mit Ivanov standen wir an der großzügigen Scheibe des Pausenbereichs und blickten mit einer gewissen Wehmut auf den Dschungelplaneten hinab.

»Du hast nicht die Tiere gesehen, die ich gesehen habe, Marco«, sagte ich. »Dann würdest du anders darüber denken.«

»Oh doch, mein Lieber!«, sagte Bronkowicz. »Diese Riesenspinne habe ich gesehen. Die war echt eklig.«

Die Sirio änderte ihren Kurs und zuerst verschwand Auriga vor dem Fenster und dann das Dimensionsportal. Stattdessen erschien der gigantische, von geheimnisvoller Dunkelheit umgebene Schlund des Wurmlochs. So, wie sich die negative Masse in dunkelblauen Ladungen am Rand des Durchgangs bewegte, konnte man den Eindruck bekommen, die Abkürzung in der Raumzeit wäre ein Lebewesen, das nichts lieber tat, als Raumschiffe zu verschlingen.

»Der Weg sieht frei aus«, stellte Ivanov fest. »Hoffen wir, dass er auch stabil bleibt, solange wir hindurchfliegen.«

»Was, wenn nicht?«, fragte Bronkowicz.

»Frag lieber nicht«, sagte ich. »Er wird dir was von ›mit Lichtgeschwindigkeit mit einem Planeten kollidieren‹ erzählen.«

»Hey, du hast ja was behalten, Ford«, zwinkerte Ivanov mir zu.

Der Astrophysiker setzte den Cola-Becher, den er fest in beiden Händen hielt an seinen Mund und schlürfte für jeden hörbar einen ordentlichen Schluck des grauenhaft süßen Getränks. Bronkowicz dagegen blickte gedankenverloren in die Finsternis und kaute an seinem dritten Schokoriegel innerhalb von zehn Minuten. Ob er versuchte, sich dieses ›mit Lichtgeschwindigkeit mit einem Planeten kollidieren‹ bildlich vorzustellen?

»An alle!«, erklang die feste Stimme des Captains aus dem Lautsprecher über uns. »Wir treten jetzt in das Wurmloch ein. Wie bei unserer Hinreise empfehle ich jedem, sich anzuschnallen. Wenn der Sprung gelingt, werden wir in etwa dreieinhalb Wochen Zuhause sein. Dass der Sprung gelingt, ist allerdings nicht garantiert. Deshalb möchte ich jetzt schon einmal allen für ihren Einsatz danken. Nur für den Fall, dass wir es nicht schaffen sollten.«

Captain Conteh beließ es bei dieser knappen Ansprache. Ich blickte aus dem Fenster und bekam plötzlich Angst.

»Wie lange hat unser Flug auf dem Hinweg eigentlich gedauert?«, fragte ich. »Ich meine, wenn der Übergang nur etwa zwei Stunden geöffnet ist, dann ...«

»Denk lieber nicht darüber nach«, ging mir Ivanov kaltschnäuzig dazwischen, bevor er erneut an seiner Cola nippte.

»Dann entschuldige ich mich besser jetzt gleich bei dir.«

Der kleine Astrophysiker ließ seinen Pappbecher sinken und sah mich verwundert an.

Ich sagte: »Ich war blöd zu dir. Sorry dafür. Aber verdammt, du warst auch blöd zu mir.«

»Willst du dich entschuldigen, oder mir einen Vorwurf machen?«, fragte Ivanov.

Die Sirio begann sich zu schütteln. Es ging los. Bronkowicz atmete gepresst, vermutlich um seine Furcht zu verdrängen. Ivanov dagegen schien sich von nichts und niemandem aus der Ruhe bringen zu lassen.

»Schon gut, Ford«, sagte er. »Du hast ja recht. Wir beide werden wohl nie beste Freunde, allein schon deshalb, weil du kein Star Trek guckst.«

»Das könnte ich ändern«, sagte ich. »Vor allem nach meinem Star-Trek-Moment mit den Aika vorhin.«

»Star Trek«, hörte ich Bronkowicz wie hypnotisiert sagen.

Er stand mit weit aufgerissenen Augen da und starrte auf die zuckenden Lichter der negativen Masse an der Begrenzung des Raumtunnels. In seiner Hand hielt er die leere Verpackung des letzten Schokoriegels, den er in dieser Dimension gegessen haben würde.

»Mit Star Trek werde ich irgendwie nicht warm«, sagte er. »Wenn wir das hier überleben, ziehe ich mir erst einmal ein paar Runden Motocross und ein paar Vampir-Serien rein.«

Ivanov und ich sahen uns verschwörerisch an. Dann reichte er mir seine Hand und sagte: »Dima.«

»Viktor.«

Ein heftiger Ruck erfasste das Schiff und wie schon beim Hinflug ertönte auch jetzt wieder der Schiffsalarm. Ich ließ Ivanovs Hand los und blickte hinaus. Mir fielen Jazmines Worte ein, die damals gesagt hatte, dass Zeit in diesem Raum keine Gültigkeit besaß. Dennoch musste es eine Möglichkeit geben, Entfernungen und die Dauer der Überwindung dieser messen zu können, dachte ich.

Etliche dunkelblaue Blitze verließen den Rand der Röhre, durch die wir flogen und legten sich uns in den Weg. Das letzte Mal, als ich etwas Derartiges gesehen hatte, war es nach der Zerstörung des Energiegenerators im Dimensionsportal gewesen, kurz bevor das Wurmloch kollabiert war.

Doch bevor es soweit kommen konnte, weitete sich der Raum vor dem Schiff zu dem grenzenlosen Schwarz des Alls. Die letzten Ausläufer des nervös blitzenden Wurmlochs entschwanden meinem Blick und das Schütteln der Sirio legte sich wieder. Etliche Minuten verstrichen und ich vermutete, keiner der Anwesenden konnte glauben, was geschehen war. Die Stille im Pausenbereich war beunruhigend, als plötzlich das sanfte Piepen einer bevorstehenden Borddurchsage erklang und Captain Contehs gefasste Stimme verkündete: »An alle. Wir haben das Wurmloch verlassen.«

Augenblicklicher Jubel erscholl aus den Gängen und auch einige Leute neben uns klatschten erleichtert in ihre Hände.

»Und es gibt noch eine freudige Nachricht, die ich Ihnen

nicht vorenthalten möchte«, fügte der Captain hinzu. »Wir empfangen Signale von Atlanta und von einigen anderen Schiffen in unserer Nähe.«

»Das heißt, wir sind in unserer Dimension!«, sagte ich.

Die Worte, die Bronkowicz nach meiner Feststellung sagte, hörte ich nicht mehr. Die ausgelassenen Freudenschreie der aller Mitreisenden verhinderten jedes Gespräch. Erleichtert blickten wir uns an und schienen allmählich zu begreifen, dass wir es geschafft hatten.

22

ERDE

14. Februar 2084

Der Anblick war ergreifend. Mit verschränkten Armen stand ich am Fenster meines kleinen Büros und blickte auf die Ellipse der Erde. Blau und wunderschön lag sie dort draußen in der ewigen Dunkelheit und jetzt, wo wir – galaktisch gesehen – nur einen Katzensprung von unserem einzigartigen Heimatplaneten entfernt waren, wurde ich von Gefühlen der Freude und der Trauer gleichermaßen überschwemmt. Freude über die Rückkehr nach Hause und Freude über die Gewissheit, die abenteuerliche Auriga-Mission überstanden zu haben. Und Trauer über die Frauen und Männer, die es nicht geschafft hatten und die zurückgeblieben waren, allen voran Jazmine.

Noch eine Weile betrachtete ich unsere einzige lebenswerte Heimat durch den Schleier meiner Ergriffenheit, dann wischte ich mir die Tränen aus den Augen und verließ mein Büro, um Captain Conteh auf der Brücke aufzusuchen. Auf den Gängen im Habitatring herrschte eine ausgelassene Stimmung und jedem, dem ich begegnete, sah ich die Freude über unsere Rückkehr zur Erde an. Als ich die Brücke in Ebene 2 betrat, stand Conteh in seiner Kapitänskanzel und hielt einen dampfenden Pappbecher in seiner Pranke.

»Sie lernen es nie«, begrüßte er mich. »Ich bin der Captain, Mister Ford. Warum lassen Sie mich warten?«

Betretenes Schweigen breitete sich in dem Raum aus, welches nur vom Summen und Piepen der Computer durchbrochen wurde. Ich linste zur rechten Seite und dort traf mich hinter der ausladenden Kommunikationskonsole Sallys schelmischer Blick.

»Wie auch immer«, sagte der Captain. »Bevor wir gleich auf Atlanta anlegen, wollte ich Sie noch einmal kurz sprechen. Die Auriga-Mission ist grandios gescheitert und wir haben nicht gefunden, wonach wir gesucht haben. Viele Menschen haben ihr Leben lassen müssen. Jedes einzelne Menschenleben ist eines zu viel. Deshalb möchte ich Ihnen persönlich von ganzem Herzen für Ihren selbstlosen Einsatz danken.«

»Danke, Sir«, sagte ich. »Ich weiß das sehr zu schätzen. Vermutlich werden wir nie erfahren, wie die Aika in den Besitz des Portals gelangt sind. Genauso wie wir nie erfahren werden, aus welchen Dimensionen sie und die Borsok stammen.«

»Und ob das Auriga, das wir ursprünglich angepeilt hatten, tatsächlich in unserer Dimension liegt«, fügte der Captain hinzu. »Klar ist nur, Auriga existiert. Dieser Planet, von dem wir glaubten, wir könnten ihn mittels eines Shortcuts erreichen, ist da draußen, 730 Lichtjahre entfernt. Aber ich bezweifle, dass, nachdem sich das Wurmloch geschlossen hat, sich eine zweite Chance für uns ergibt.«

»Nein«, sagte ich. »Ich glaube auch nicht daran.«

Dann stieß mir der Captain behutsam mit seinem Ellenbogen gegen meinen Arm und raunte mir zu: »Sie werden in den Geschichtsbüchern stehen, Mister Ford. Ist diese Tatsache bereits zu Ihnen durchgedrungen?«

»Weiß nicht«, log ich.

»Der erste Mensch auf einem Exoplaneten.«

Ich nickte und versuchte die eigenartigen Blicke der anderen Leute auf der Brücke zu ignorieren.

»Und Sie Captain?«, fragte ich. »Sind Sie bereit, Ihr Gesicht für Starbucks herzugeben?«

Conteh besah sich seinen Kaffeebecher. »Sollte es noch einmal so einer Mission kommen, werde mich dafür stark machen, diese Blutsauger gar nicht erst an Bord zu lassen. Was die Sache mit der Werbung angeht, meine Frau hat bestimmt etwas dagegen.«

Kurz dachte ich an das Foto, das ich auf Captain Contehs Schreibtisch gesehen hatte, und an seine Frau, die darauf mit strahlenden Augen in die Kamera blickte. Die Sache zwischen ihr und mir würde für immer ein Geheimnis bleiben. So, wie sie es sich gewünscht hatte.

»Captain«, rief Sally aus ihrer Ecke. »Wir haben von Atlanta die Freigabe zum Andocken erhalten. Landekorridor 12, Gate 8.«

»Alles klar«, rief der Captain. »Dann nichts wie nach Hause.«

Vor der Ausstiegsluke schwebten gefühlte 100 Menschen dicht beieinander und warteten sehnsüchtig auf die vertrauten Anlegegeräusche. Der Ausstieg lag im schwerelosen Rumpf der Sirio in einem Korridor zwischen dem Drehkranz des Habitatrings und dem Hangar. Mira führte mich zu einem Fenster abseits des Trubels, welches sich von der Decke bis zum Boden spannte und uns einen beeindruckenden Ausblick bescherte. Doch fingen nicht allein die Erde und der Atlanta Space Port meine Aufmerksamkeit ein.

»Du siehst gut aus«, bemerkte ich.

Mira hob ihre hellen Augenbrauen und sah mich herausfordernd an. Doch ich wusste, wie sie meine Worte auffasste.

»Wahrscheinlich wäre ich ohne die Hilfe der Aika gestorben«, sagte sie. »Immerhin werde ich eine riesige Narbe an meinem Bauch als Erinnerung an die Mission behalten.«

»Solange du wieder richtig gesund wirst, ist alles gut.«

Wieder sah ich hinaus und entdeckte den sich um seine Längsachse drehenden Anlegekorridor, wie er sich langsam unserem Schiff näherte.

»Weißt du, Mira, ich habe nachgedacht«, sagte ich. »Ich glaube, die Menschheit ist noch nicht bereit für den Kontakt mit einer außerirdischen Spezies.«

»Aber wir hatten längst Kontakt, Viktor«, widersprach Mira. »Sogar mit zwei Spezies.«

»Das schon, aber wir haben das Glück, dass sie nicht dieselbe Dimension mit uns teilen. Und außerdem sind weder die Borsok noch die Aika echte Außerirdische.«

»Nein?« Mira lächelte. »Die Aika und die Borsok sind nicht ›true‹?«

»Esposito wird es vermutlich besser wissen«, sagte ich. »Aber ich glaube, dass wir Menschen noch sehr viel lernen müssen. Und auch wenn ich weiß, dass es Quatsch ist, fühle mich irgendwie schuldig am Schicksal der Borsok.«

Mira schwebte dicht an mich heran und streichelte mein Gesicht. Jenseits der Schiffswände hörte ich das Klacken der

Andockriegel. Gleich würden sich die Türen öffnen und der ganze Zirkus mit Fotos und Interviews würde beginnen. Miras graue Augen suchten mein Gesicht ab.

»Mach dir keinen Kopf. Es ist vorbei«, sagte sie.

»Was wissen wir über die Welt der Borsok?«, fragte ich. »Gar nichts, denn wir sprechen weder ihre Sprache, noch kennen wir die Hintergründe, warum sie das taten, was sie taten. Unsere Handlungen beruhten auf Annahmen und wir haben uns auf die Seite der Aika geschlagen, denen wir die Rolle der ›Guten‹ zugewiesen haben. Alles, was wir taten, fand auf kriegerischer Ebene statt. Ich weiß, die Borsok waren aggressiv, aber ich glaube fest daran, dass wir mit guter Kommunikation und mehr Zeit eine friedliche Lösung gefunden hätten.«

»Absolut«, stimmte mir Mira zu. »Wir Menschen täten gut daran, unsere Kommunikation zu verbessern. Das ist immerhin der Schlüssel für ein friedvolles und verständnisvolles Miteinander.«

»Oder zumindest eine friedvolle Interaktion«, sagte ich.

»Gute Kommunikation braucht Zeit. Und was du nicht unterschätzen darfst: Es bedarf auch immer eines gewissen Maßes an Empathie. Und ich glaube, wir Menschen haben gerade erst begonnen zu begreifen, dass dies bei den unerschöpflichen Möglichkeiten im Universum etwas sein kann, das außerhalb unseres Horizonts liegt.«

Ich musste plötzlich an die Maske der Borsok denken, dieses Zeugnis an eine außerirdische Zivilisation. Zu schade, dass ich es abgeben musste. In den nächsten Jahren würden sich hunderte Wissenschaftler den Kopf über das kleine Gerät zerbrechen und Materialanalysen durchführen. Auf technischer Ebene würden Ingenieure es mit einem Reverse Engineering aus einer anderen Dimension zu haben, im wahrsten Sinne des Wortes. Doch ich wusste auch, dass nur ich in der Lage dazu war, die Maske zu benutzen. Von daher glaubte ich, dass ich selbst noch viel über die Welt der Borsok lernen und möglicherweise neue Schlüsse über meine Entscheidungen ziehen würde.

Nicht weit von uns zischte es und Jubelgeräusche erfüllten den Korridor. Ich sah über meine Schulter. Die ersten Passagiere verließen die Sirio und eine Handvoll Raumhafenmitarbeiter glitt hinein. Ihre Gesichter strahlten vor Freude, als sie wahllos einander in die Arme fielen.

»Das Wichtigste dürfte aber auch unsere Sicht auf die Dinge sein, Viktor«, sagte Mira.

»Wie meinst du das?«, fragte ich.

»Wir haben uns zu den Aika hingezogen gefühlt, weil wir ihr Handeln eher nachvollziehen konnten. Sicher, wir hätten auch der kriegerischen, ausbeuterischen Art der Borsok folgen können, doch so sind wir Menschen nicht.«

»Doch, so sind wir Menschen auch«, sagte ich.

»Ja, du hast recht«, gestand Mira. »Aber es ist eine Eigenschaft, welche die Menschheit nicht voranbringt.«

»Kommt darauf an, wen man fragt.«

»Genau das meine ich«, sagte Mira. »Die meisten Menschen auf der Sirio leben den Gedanken einer friedlichen, freiheitlichen und toleranten Welt. Jeder Mensch mit diesen Überzeugungen muss die feindliche Art der Borsok ablehnen. Und das können wir sogar auf uns, auf die Gesellschaft der Erde übertragen.«

»Du meinst, wenn alle Menschen nach einer gewaltfreien und toleranten Zukunft streben würden, wäre alles gut?«, fragte ich.

»Ich gehe sogar noch weiter und behaupte, die Aika wie auch die Borsok repräsentieren uns Menschen in einer anderen Form. Wenn wir sie als Variationen unserer Entscheidungen verstehen, dann würden wir ihr jeweiliges Schicksal auf unser eigenes Handeln zurückführen können. Und das würde uns zu dem Schluss bringen, dass unser Schicksal nicht in Stein gemeißelt ist und wir immer an der Zukunft arbeiten können. Zum Guten wie zum Schlechten hin.«

»Das ist ganz schön philosophisch«, stellte ich fest und wandte mich Mira zu.

»Damit wirst du wohl in Zukunft leben müssen«, summte Mira und legte ihre Arme um meine Taille. »Da fällt mir ein: Zu dir oder zu mir?«

»Costa Brava oder Frankfurt?«, fragte ich. »Schwierig.«

»Du hast dein Schicksal in der Hand, Viktor Ford.«

»Noch nicht«, flüsterte ich.

Langsam glitten meine Hände um Mira herum und sanft zog ich sie zu mir heran. Dann wischte ich ihr eine vor dem Gesicht schwebende Strähne beiseite und sah ihr in die Augen.

»Was denkst du?«, fragte ich.

»Ich denke, wir beide sollten Urlaub machen«, wisperte Mira.

»Dann ist Spanien keine so üble Wahl.«

Behutsam nahm ich meinen Kopf vor, näherte mich ihren Lippen. Mira schloss erwartungsvoll ihre Augen und ich wurde mir für einen kurzen Moment dem sagenhaften Glück bewusst, welches mir zuteil wurde. Die Frau in meinen Armen war der beste Zufall, der mir je widerfahren war. Hätte es diese Mission nicht gegeben, wären wir beide nicht auf Auriga abgestürzt, vermutlich wäre nie etwas aus uns geworden.

Doch nun lag die Zukunft vor mir, und zwar in Form der

wundervollen Mira Langley, die mir mit unaufgeregter Art beigebracht hatte, was Hingabe, Aufrichtigkeit und Selbstbestimmung bedeuteten. Ich schloss meine Augen und legte meine Lippen auf ihre, gab mich dem grenzenlosen Glück hin, das mich in diesen Sekunden durchdrang. Ich schwor, dass ich niemals aufhören würde, diese Frau zu lieben. Weder in dieser noch in einer anderen Dimension.

ENDE

MEHR VON DIMENSION

DER BESTE FILM, DEN ES NIE GAB!

Was wäre, wenn „Dimension“ ein Film wäre? Diese Frage beantwortet der Blog **›FAKE MOVIES‹** und präsentiert das spannende Abenteuer um Viktor Ford als fiktiven Filmbericht. Inklusive Bilder aus dem (nicht vorhandenen) Film!

www.flying-cheese.com

EXISTENZ - DAS MARS-PARADOX

AUCH ERHÄLTLICH

Wenn künstliche Intelligenz unsere Erinnerungen kontrolliert

Auf der einzigen bemannten Mars-Station ereignet sich ein folgenschwerer Zwischenfall. ESA-Sicherheitsingenieur Nicholas Adamy und die anderen Missionsteilnehmer erwachen ohne Erinnerungen an die vergangenen Tage. Doch dabei bleibt es nicht: Der Funksender wurde sabotiert und im Pflanzenlabor liegt die Leiche des Exobiologen Dr. Wolfram Palmer.

Um einen Mord auszuschließen, analysiert die Besatzung das von der NASA eingesetzte Erinnerungssystem namens Artificial Memory / Brain Evaluation Readout (AMBER).

Doch die vom KI-gesteuerten System gesammelten Daten der Hirnstrommessungen bestätigen, was Nicholas Adamy befürchtet: Die Erinnerungen der Crewmitglieder scheinen ausradiert.

Warum kann sich Nicholas nur an zusammenhangslose Bruchstücke seines Lebens erinnern? Was war sein Auftrag? Nicht nur das Bordsystem, auch die Station scheint ihm mit einem Mal seltsam fremd. Als die Spannungen in der Mannschaft eskalieren, macht Nicholas eine furchtbare Entdeckung. Sie lässt ihn nicht nur an Palmers Todesumständen zweifeln, sondern auch an der gesamten Mars-Mission ...

flying-cheese.com/links/100128

KALLISTOS ERBE

AUCH ERHÄLTLICH

Ein ferner Mond. Ein dunkles Geheimnis.

Im Jahr 2098 steht die Menschheit unmittelbar vor der planetaren Expansion. In einem gewaltigen Raumschiff verlässt der frisch geschiedene Instandhaltungstechniker Carl Harding die unter politischen Unruhen und Wasserknappheit leidende Erde, um auf dem entlegenen Eismond Kallisto ein neues Leben zu beginnen.

Seit Jahrzehnten wird dort das Wasser des subglazialen Ozeans gefördert, um daraus Treibstoff für die Besiedlung des Sonnensystems zu gewinnen. Carl soll in der Kolonie für die Sicherheit des weit verzweigten Zutrittssystems verantwortlich sein.

Doch das ist nur die halbe Wahrheit: Ein dunkles Geheimnis treibt Carl an diese äußere Grenze des vom Menschen besiedelten Raums. Kaum angekommen, sieht er sich mit seltsamen Zwischenfällen konfrontiert, die weit mehr mit ihm zu tun haben, als es anfangs scheint.

Nominiert als „Bester Independent-Titel" für den Phantastik-Preis SERAPH 2023 und Midlist Skoutz-Award 2023.

flying-cheese.com/links/100116

NEOBIOTA - DER AUSBRUCH

AUCH ERHÄLTLICH

Das Leben ist erfinderisch. Der Tod ist es auch.

Das Jahr 2216: In letzter Sekunde kann Paz Morales in einem schrottreifen Frachter dem Angriff auf ihre Heimatstation durch die Föderation entkommen. Zusammen mit ein paar Wenigen treibt die Gravitationstechnikerin ziellos durch die Trümmer im Orbit der verseuchten Erde, die ein seit Jahrzehnten wütender Krieg zwischen der Union und der Föderation hinterlassen hat.

Auf der verzweifelten Suche nach Nahrung und Ausrüstung empfängt der Frachter einen verschlüsselten Funkspruch und trifft in einem entlegenen Quadranten auf etwas, das nicht nur zur Bedrohung für die gesamte Besatzung wird, sondern auch den Angriff auf Paz‘ Heimatstation in einem gänzlich anderen Licht erscheinen lässt.

flying-cheese.com/links/100102

Liebe Leserin, lieber Leser!

Vielen Dank, dass du »Dimension 3 - Die dritte Erde« gelesen hast. Für mich als unabhängiger Autor sind Lesermeinungen besonders wichtig. Wenn dir mein Roman gefallen hat, würdest du mir helfen, indem du eine ganz kurze Rezension verfasst. **Es dauert nur 2 Minuten :)** Benutze dazu einfach den praktischen Link:

flying-cheese.com/Links/100129

Damit du ganz in das von mir erdachte Universum eintauchen kannst, investiere ich viel Blut, Schweiß und manchmal auch Tränen in eine spannende Handlung. Zudem ist mir eine hohe Qualität von Cover, Layout und Text besonders wichtig. Aus diesem Grund möchte ich an dieser Stelle auch meiner Lektorin Jona Orbis (leselichtung.com) danken, da sie meinen Büchern den letzten Schliff gibt.

Ich hoffe, ich darf dich zum großen Finale begrüßen, wenn Viktor Ford sein letztes Abenteuer erlebt. Bis dahin!

Beste Grüße, ***Ryan***

ÜBER DEN AUTOR

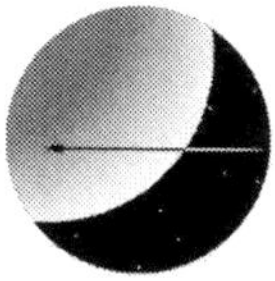

Ryan Rockwell ist Zukunftsdesigner und SciFi-Geek. Er schreibt über Raumschiffe und eisige Mondkolonien („Kallistos Erbe“), Raumschiffe und böse Aliens („Neobiota“). Alle seine bisher veröffentlichten Romane waren Kindle-Bestseller, was Ryan sehr freut, da er gern über Raumschiffe schreibt.

Ryan Rockwell veröffentlichte im Sommer 2021 mit „Der Ausbruch“ seinen ersten Science-Fiction-Roman, und ist seitdem einer der spannendsten neuen Science-Fiction-Autoren Deutschlands.

Während seines Studiums für Design und Interaktive Medien wurde Ryan Rockwell mit dem renommierten SXSW-Award für interaktives Storytelling ausgezeichnet. Wenn der dreifache Familienvater nicht schreibt, arbeitet er als Buchcover-Designer und Illustrator, spielt E-Gitarre und sammelt Raumschiffmodelle. Darüber hinaus träumt Ryan Rockwell davon, einmal zusammen mit James Cameron und Ridley Scott Urlaub auf LV-426 zu machen. Aber nur mit Flammenwerfer.

Besuchen Sie auch gern Ryan Rockwells Webseite:

flying-cheese.com

IMPRESSUM

Ryan Rockwell
c/o Flying Cheese - Verlag für Phantastik, Robert Rittermann
Dickmannstr. 7, 42287 Wuppertal
ryan@flying-cheese.com

Lektorat: Jona Orbis, Leselichtung.com
Coverdesign: Robert Rittermann, robertrittermann.com

E-Book-Ausgabe 2023
Flying Cheese - Verlag für Phantastik
www.flying-cheese.com

Version 1.0.0.1

Printed in Poland
by Amazon Fulfillment
Poland Sp. z o.o., Wrocław

32740299R00140